나사의 회전

The Turn of the Screw

미래와사람 시카고플랜 006

나사의 회전

The Turn of the Screw

◆　◆　◆

헨리 제임스

민지현 옮김

차례

The Turn of the Screw

나 사 의 회 전 인 물 관 계 도

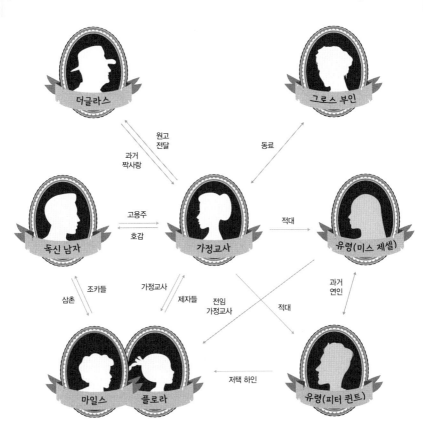

더글라스

그로스 부인

원고
전달

과거
짝사랑

동료

독신 남자 ── 고용주 ── 가정교사 ── 적대 ── 유령(미스 제셀)
        ── 호감 ──

삼촌
조카들

가정교사
제자들

전임
가정교사

적대

과거
연인

마일스   플로라 ── 저택 하인 ── 유령(피터 퀸트)

기타 등장인물

익명의 화자
(크리스마스에 고가에 모여 괴담을 나누는 사람들 중 하나로 서문을 이끌어간다.
모임의 또 다른 멤버였던 더글라스를 독자들에게 소개하고
더글라스가 전하려는 이야기의 배경이 되는 정보들을 정리해 줌으로써
독자들의 이해를 돕는다.)

난롯가에 모여 앉은 우리들은 숨을 죽이고 이야기에 귀를 기울였다. 하지만 크리스마스 전날 밤 고가에 모여 나누는 괴담들이 대부분 그 정도는 되었기 때문에 그 이야기에 대해서도 섬뜩하다는 말 외에 특히 다른 언급은 없었던 걸로 기억된다. 그러다 누군가가, 어린아이에게 유령이 나타나는 경우는 이 이야기밖에 없을 거라는 말을 했다. 우리가 모여 있던 그 집처럼 오래된 저택에 유령이 나타나는 이야기였다. 소름 끼치게 무서운 유령이 어린 소년에게 나타났다고 했다. 아이는 침실에서 엄마와 함께 자고 있었는데, 흉측한 유령이 나타나자 겁에 질려 엄마를 깨웠다고 했다. 하지만 엄마가 깨서 아이의 무서움을 달래고 다시 재워준 것이 아니라, 엄마까지 아이가 본 충격적인 장면을 직접 목격하게 되었던 것이다. 이 유령 이야기는 더글러스로 하여금 흥미로운 이야기를 꺼내게 했는데, 바로 이어서는 아니고 조금 시간이 흐른 뒤였다. 그 전에 누군가 또 다른, 그러나 별로 재미는 없는 이야기를 했고, 더글라스는 그 이야기에 전혀 귀를 기울이지 않았다. 나는 그런 모습을 보면서 더글라스가 뭔가 하고 싶은 이야기가 있으며 우리는 기다리기만 하면 이야기를 들을 수 있다는 걸 알 수 있었다.

실제로 그의 이야기를 듣기까지는 이틀 밤을 기다려야 했지만, 더글라스는 그날 저녁 모임이 끝나기 전에 일단 그리핀의 유령 이야기에 대한 자기 생각을 이야기하면서 자기가 하려는 이야기에 대해 운을 떼었다.

"그리핀 씨의 이야기에서 그 유령인지 뭣인지가 순진한 어린 소년에게 먼저 나타났기 때문에 더 섬뜩한 느낌을 더해준다는 사실에는 나도 동의합니다. 하지만 그런 이야기에 어린아이가 등장하는 건 처음 있는 일은 아니죠. 어린아이가 등장해서 섬뜩한 긴장감을 한층 고조시켜 준다면, 아이가 하나가 아니라 둘이라면 어떻겠습니까?"

"그거야 당연히 긴장감이 두 배로 고조되겠죠!" 누군가가 대답했다. "그렇게 말씀하시니 어서 이야기를 듣고 싶군요."

더글라스는 불꽃이 타오르는 벽난로에 등을 향한 채 주머니에 손을 넣고 서서 좌중을 내려다보며 말했다. "지금까지 이 이야기를 들은 사람은 저밖에 없습니다. 너무도 끔찍한 이야기예요." 그러자 우리는 입을 모아 그의 이야기에 대한 절절한 호기심을 표시했고, 더글라스는 의기양양한 눈빛으로 좌중을 둘러보며 조용하고도 호소력 있는 음성으로 말을 이었다. "그 어떤 이야기보다 짜릿할 겁니다. 제가 아는 한 여기에 견줄 만한 이야기는 없어요."

"그 정도로 무섭다는 말이오?" 내가 이렇게 물었던 것 같다.

더글라스는 그렇게 간단하게 표현할 수 없다는 듯한 표정을 지었지만, 정확하게 어떻다는 설명은 하지 않았다. 대신 손으로 자기 눈을 가리고 얼굴을 찡그려 보였다. "지독한 공포 그 자체라오!"

"아, 너무 재밌을 것 같아요!" 여자들 중 한 명이 외쳤다.

더글라스는 여자의 말을 못 들었는지, 내 쪽으로 시선을 돌렸다. 하지만 나를 보는 건 아니었고, 자기가 하려는 이야기의 한 장면을 머릿속으로 그려보는 것 같았다. "기괴하리만치 흉측하고 무섭고 가슴 아픈 이야기지요."

"자 그럼," 내가 말했다. "얼른 앉아서 이야기를 시작해 보시오."

더글라스는 불을 향해 돌아서더니 발로 장작을 툭툭 차면서 잠시 내려다보았다. 그러다가 다시 우리를 향해 돌아서며 말했다. "지금 이야기를 시작할 수는 없습니다. 우선 마을로 사람을 보내야 할 것 같아요." 그러자 누군가 한숨을 쉬었고, 여기저기서 아쉬움에 겨운 탄식이 들렸다. 그러자 더글라스가 뭔가를 골똘히 생각하는 듯한 표정으로 상황을 설명했다. "이야기는 글로 쓰여 있습니다. 자물쇠가 채워진 서랍에 보관되어 있는데, 수년 동안 꺼내 본 적이 없어요. 저의 집 하인에게 열쇠와 함께 편지를 보내도록 하겠습니다. 그러면 원고를 찾아서 보내줄 것입니다." 그는 이 말을 하면서 내 쪽을 바라보았는데 그것은 마치 자기가 망설이지 않도록 도와주기를 바라는 마음인 것 같았다. 수년 동안 켜켜이 두께를 더해온 얼음을 지금 막 깨뜨리는 느낌이었다. 그 오랜 침묵에는 필시 이유가 있었으리라. 사람들은 당장 이야기를 들을 수 없게 된 것에 실망하는 것 같았으나, 나는 오히려 여전히 주저하는 듯한 그의 태도 때문에 더욱 흥미가 돋았다. 나는 그에게 다음에 출발하는 첫 번째 우편으로 편지를 보내서 되도록 빨리 이야기를 들을 수 있게 해 달라고 청했다. 그런 다음 이야기에 소개된 사건을 그가 직접 경험한 것인지 물었다. "아, 아니오. 내가 겪은 건 아니오!"

"그럼 원고는 당신 것이오? 당신이 직접 기록했소?"

"나는 그저 듣기만 했을 뿐이오. 그리고 여기 담아 놓았지." 그가 가슴을 가볍게 두드리며 말했다. "하나도 잊어버리지 않았소."

"그렇다면 당신이 가지고 있는 원고는……?"

"잉크가 몹시 낡고 바라긴 했지만 서체는 정말 아름답지요." 그가 잠시 멈칫거리더니 좌중을 향해 말을 이었다. "여성의 글씨거든요. 그녀는 이미 20년 전에 세상을 떠났답니다. 죽기 전에 그 원고 뭉치를 저에게 보냈어요." 모두가 그의 말에 귀를 기울이고 있었다. 물론 그중에는 잘난 척을 하려거나 추측으로 이야깃거리를 끌어내려는 사람도 있었다. 하지만 더글라스는 미소를 띠지도, 그렇다고 불쾌한 내색을 하지도 않으며 조용히 말을 이었다. "그녀는 누구보다도 매력적인 여성이었어요. 저보다는 열 살 위였지요. 내 누이의 가정교사였거든요." "내가 본 가정교사 중에서 가장 호감이 가는 사람이었어요. 어떤 일도 해낼 수 있는 사람이었지요. 벌써 오래전의 일이고, 그 사건은 제가 그녀를 만난 시점에서 또 한참을 거슬러 올라가야 하지만 요. 그때 저는 트리니티 칼리지에 다니고 있었는데, 두 번째 학기가 끝나고 여름 방학 때 집에 와서 처음 그녀를 보았어요. 그해에는 제가 집에 좀 오래 가 있었어요. 좋은 시간을 보냈죠. 그녀가 쉬는 시간에는 함께 정원을 산책하며 이야기를 나누었어요. 그러면서 그녀가 놀라울 만큼 영리하고 착한 여자라는 걸 알게 되었죠. 네, 맞아요. 미소를 지으실 만합니다. 제가 그녀를 많이 좋아했어요. 그녀도 저에 대해 같은 마음이었을 거라고 생각하면 지금도 행복합니다. 그러지 않았다면 저에게 그말을 해주었을 리가 없으니까요. 저 외에는 아무에게도 그 이야기를 하지 않았어요. 그녀가 그렇게 말한 건 아니지만, 저는 알 수 있었어요. 확신할 수 있었답니다. 여러분도 이야기를 듣고 나면 이해하실 겁니다."

"그 정도로 무서운 이야기란 뜻이오?"

더글라스는 나를 똑바로 바라보며 말했다. "쉽게 판단할 수 있을 거요." 그리고 다시 한번 덧붙였다. "분명히 그러실 거요."

나도 그를 응시하며 말했다. "알 것 같소. 그녀는 사랑에 빠졌었던 거요."

그가 처음으로 소리 내어 웃었다. "정확하게 맞췄소. 그렇습니다. 그녀는 사랑을 하고 있었어요. 사실은 쭉 사랑에 빠져 있었답니다. 그녀가 사건에 대해 이야기를 할 때 그러한 사실도 드러날 수밖에 없었지요. 내가 그걸 알아챘고, 그녀는 내가 알아챘다는 사실을 알았죠. 하지만 우리 둘 다 그에 대해 말하지 않았어요. 그 순간도 장소도 다 기억하고 있습니다. 긴 여름날 오후, 잔디밭 한쪽 모퉁이에 있는 너도밤나무 그늘이었어요. 공포를 떠올릴만한 상황은 아니었어요. 그런데도 오~ 맙소사!" 더글라스는 난롯불을 끄더니 의자에 앉았다.

"목요일 아침에 원고를 받게 되는 거요?" 내가 물었다.

"두 번째 우편 배달까지는 기다려야 할 겁니다."

"아, 그러면 저녁 식사 후에……."

"모두 여기서 저와 만나시겠습니까?" 더글라스가 우리를 돌아보며 물었다. "떠나시는 분은 없고요?" 마치 우리가 모두 떠나서 이야기를 들려주지 않게 되기를 바라는 듯이 물었다.

"모두 계속 머물 거요!"

"저도 더 있을 거예요. 그러고 말고요!" 이미 출발 날짜가 정해진 한 여자 손님이 말했다. 하지만 그리핀 부인은 뭔가를 좀 더 알아내고 싶은 마음을 숨기지 못하고 물었다. "그녀가 사랑하는 사람이 누구였죠?"

"이야기를 들으면 아시게 될 겁니다." 내가 나서서 응대를 해주었다.

"아, 그때까지 기다릴 수가 없어요!"

"이야기에 그 부분은 나오지 않습니다." 더글라스가 말했다. "적어도 저속하고 노골적인 방식으로는 말이죠."

"그렇다면 정말 유감이네요. 그렇다면 저는 이해하지 못할 수도 있어요."

"당신이 말해주지 않을 거요, 더글라스?" 다른 누군가가 물었다.

그러자 더글라스가 벌떡 일어서며 말했다. "네, 그러죠. 내일 말씀드리겠습니다. 이제 저는 자러 가야 할 것 같군요. 모두 안녕히 주무십시오." 그러더니 여전히 조금은 어리둥절해 있는 우리를 남겨둔 채 얼른 양초를 집어 들고 자리를 떴다. 우리는 넓은 갈색 홀의 한쪽에 앉아서 반대편 끝에 있는 계단을 오르는 그의 발자국 소리를 들었다. 그리핀 부인이 말했다. "그녀가 누구를 사랑했는지는 모르지만, 더글라스가 누구를 사랑했는지는 알겠네요."

"그녀가 더글라스보다 열 살이나 위라지 않소." 그리핀 부인의 남편이 말했다.

"그렇다면 더욱 그럴 수 있지요, 그 나이라면 말이에요! 더글라스가 그렇게 오랜 세월 침묵을 지켜왔다는 게 더 감동적이에요."

"40년 만이군!" 그리핀 씨가 덧붙였다.

"이제 그 침묵이 깨진다면 말이야."

"목요일 밤이야말로 기억에 남을 만한 시간이 될 것 같군요." 내가 이렇게 말하자 모두가 동의했고, 우리는 그 일을 생각하느라 다른 이야기를 나눌 여유가 없었다. 시작만 하다 만 상태였기는 하지만 그날 나눌 이야기는 모두 나누었으므로 우리는

'왁스가 녹아 붙은 촛대'에 불을 밝혀 들고 각자의 침실로 돌아갔다.

다음 날 열쇠가 들어 있는 편지 봉투는 첫 번째 우편으로 더글라스의 런던 아파트로 보내졌다. 그리고 이야기에 대한 궁금증으로 모두의 마음이 술렁거렸을 것임에도 불구하고, 어쩌면 그래서 더 그랬는지도 모르겠지만, 우리는 저녁 식사가 끝날 때까지 더글라스를 귀찮게 하지 않았다. 이야기에 심취하기 좋을 만큼 밤이 무르익을 때까지 기다린 것인지도 모르겠다. 더글라스는 우리의 기대에 부응하듯 이야기를 하고 싶어 하는 것처럼 보였는데, 곧 그 이유를 알게 되었다. 이번에도 우리는 전날 밤 경외감에 젖어 들었던 바로 그 벽난로 앞에 모여 앉아 그의 이야기를 들었다. 그가 약속했던 이야기를 독자들이 제대로 이해할 수 있도록 하기 위해 이쯤에서 미리 몇 마디 해두어야 할 것 같다. 내가 여기에 옮기려는 이야기는 한참 시간이 지난 후에 내가 직접 원고를 베껴 적은 것이다. 자신의 죽음이 다가오고 있음을 느낀 가여운 더글라스는 죽기 전에 원고를 내게 주었다. 그가 런던에 편지를 보내 배송 받았던 바로 그 원고였다. 원고는 우리가 거기서 보내는 셋째 날에 도착했으며, 우리는 그다음 날 저녁에 같은 장소에 모여 숨을 죽인 채 충격에 휩싸여 그의 이야기를 들었다. 출발 예정이었다가 더 있겠다고 마음을 바꿨던 여자 손님들은 결국 머물지 못했다. 더글라스가 우리 모두를 부추겨 놓는 바람에 그녀들 역시 호기심에 한껏 들떠 있었지만 다른 일정 때문에 떠나야 했던 것이다. 덕분에 더욱 단출해진 우리는 난로 가에 둘러앉아 그의 이야기를 들으며 등줄기를 오싹하게 하는 공포를 나누었다.

제일 먼저 우리가 알게 된 사실은 원고가 시작되는 시점이 사건이 얼마간 진행되고 난 후라는 것이었다. 그러므로 이해를 돕기 위해서 더글라스의 오랜 친구인 그 여성에 대해 미리 말해두는 것이 좋겠다. 더글라스의 오랜 친구인 그 여성은 가난한 시골 목사의 여러 딸 중 막내인데 스무 살 나이에 처음으로 교사직을 맡기 위해 런던에 온 것이었다. 가정교사를 찾는 광고를 보고 난생 처음 런던에 온 그녀는 잔뜩 긴장하고 주눅이 들어 있었으며, 광고를 낸 사람과는 짤막한 서신을 주고받은 상태였다. 하지만 그녀는 면접을 보기 위해 할리 가에 있는 으리으리한 집에 도착해서야 고용 광고를 낸 사람이 한창나이의 독신 남자라는 사실을 알게 되었다. 꿈이나 옛 소설 속에서가 아니고는 볼 수 없을 것 같은 그런 남자가 떨리는 가슴을 안고 찾아온 햄프셔의 목사관 출신 소녀 앞에 서 있었던 것이다. 누구라도 한 번 보면 빠져들고, 쉽게 잊지 못할 그런 사람이었다. 잘생긴 데다가 대담하고 쾌활했으며, 즉흥적이고 사교적이며 친절했다. 그녀는 즉시 그의 정중하고 매력적인 모습에 반했다. 하지만 무엇보다 그녀의 마음을 사로잡고 결국은 용기를 내어 그의 제안을 받아들이게 한 것은 그가 자신의 제안을 마치 그녀에게 큰 신세를 지는 것이며, 깊이 감사하는 마음으로 보상을 할 것처럼 느껴지게 했기 때문이었다. 그녀는 그의 화려한 차림새와 잘생긴 외모, 고급스러운 취향, 여성을 대하는 세련

된 매너를 보면서 그가 부자이면서 엄청 사치스러운 사람이라고 생각했다. 그가 살고 있는 런던의 큰 저택은 그가 여행을 하면서 수집한 물건들과 사냥을 해서 받은 트로피들로 가득했다. 하지만 그가 그녀를 보내고자 한 곳은 에식스에 있는 그의 가족이 살던 시골집이었다.

부모님이 인도에서 돌아가시고 나자 그는 어린 조카 남매의 후견인이 되었는데, 조카들은 2년 전에 죽은 그의 군인 동생의 자식들이었다. 그야말로 기이한 우연에 의해 조카들을 맡게 되었는데, 그쪽으로 유사한 경험이나 인내심 같은 것이 있을 리 없는 젊은 독신 남자에게 어린 조카들은 꽤나 무거운 부담이었다. 그의 입장에서는 큰 걱정거리였고, 그러다 보니 아이들을 돌보는 과정에서 몇 번 큰 실수들을 저지르기도 했다. 그럼에도 아이들에 대한 무한한 연민을 놓을 수 없었으며, 아이들을 위해서라면 그가 할 수 있는 모든 것을 해주었다. 그는 아이들을 시골집에 살게 하면서 최고의 인재들을 구해 아이들을 돌보게 했다. 필요하다면 그가 데리고 있던 하인까지도 보내서 아이들을 돌보게 했으며, 자기도 시간이 날 때마다 내려가 아이들의 안부를 챙겼다. 그런데 문제는 그들에게 다른 친척이라고는 없으며, 남자는 그의 일만으로도 눈코 뜰 새 없이 바쁘다는 사실이었다. 그는 아이들을 건강 친화적이고 안전한 블라이 저택에 머물게 하고 집안 살림을 유능한 그로스 부인에게 맡겼다. 그로스 부인은 예전에 어머니를 모셨던 하녀였는데, 그녀라면 새 가정교사도 좋아할 것이라 확신했다. 현재

가정부로 일하고 있는 그로스 부인은 임시로 여조카를 돌보는 일까지 맡고 있는데, 자기 아이가 없는 그로스 부인은 여조카를 무척 예뻐했다. 블라이 저택에는 집안의 이런저런 일들을 맡아서 하는 사람들이 많았지만, 가정교사로 내려가는 젊은 여자가 제일 위세가 있을 건 당연했다. 하지만 곧 방학이 되면, 가정교사는 기숙사 학교에 가 있다가 돌아오는 사내아이도 돌봐야 했다. 학교에 보내기엔 어린 나이였지만, 그것 밖에 달리 방법이 없었다. 이제 곧 방학이 시작될 것이었고, 사내아이는 하루 이틀 사이에 올 것이었다. 원래는 젊은 가정교사가 두 아이를 맡고 있었다. 그녀는 진실한 성품을 지녔을 뿐 아니라 두 아이를 잘 돌보았는데 안타깝게도 세상을 떠나고 말았다. 그녀의 갑작스러운 죽음이 가져온 최대의 난관은 어린 마일스를 학교에 보낼 수밖에 없게 된 상황이었다. 그때부터 그로스 부인은 플로라의 예절 교육을 비롯하여 모든 것을 담당했으며, 최선을 다해 그녀를 돌봤다. 그로스 부인 외에도 요리사, 가정부, 소젖 짜는 하녀, 늙은 조랑말, 늙은 마부, 늙은 정원사가 있었는데 모두 점잖고 좋은 사람들이었다.

더글라스가 여기까지 이야기하자 누군가 물었다. "전에 있던 가정교사는 왜 죽었나요? 너무 존경을 받아서?"

더글라스가 바로 대답했다. "곧 아시게 될 겁니다. 너무 앞질러 가지는 않으려고요."

"실례되는 말씀인지 모르지만, 지금까지 우리에게 배경지식을 알려주느라 어느 정도는 앞질러 가신 것 같은데요."

"만일 제가 그 가정교사의 후임으로 가게 되었다면," 내가 말했다. "거기서 맡게 될 직무가……."

"생명의 위험을 감수해야 하는 일인지 알고 싶어 할 거란 말이오?" 더글라스가 내 질문을 마무리해 주었다. "그녀도 알고 싶어 했소. 그리고 알게 되었지. 그녀가 뭘 알게 되었는지는 내일 들으실 수 있습니다. 무엇보다 먼저 그녀가 느꼈던 것은 앞날에 대한 두려움 같은 것이었지요. 젊었고, 경험도 없었으며, 잔뜩 불안한 상태였으니까요. 그런데 그녀 앞에 펼쳐진 것은 중대한 책임이 따르는 직무와 지독한 외로움뿐인 것처럼 보였죠. 그녀는 망설였습니다. 이틀 정도 주변의 의견도 들어보고, 심사숙고했지요. 그렇지만 광고주가 제시한 급여는 소박한 그녀가 기대했던 것보다 훨씬 많았고 그녀는 결국 두 번째 면접을 볼 때 주어진 현실을 마주하자는 각오로 그의 제안을 받아들였습니다." 여기서 더글라스가 잠시 말을 멈추었기 때문에 좌중을 생각해서 내가 끼어들었다.

"이야기의 핵심은 매력적인 젊은 남자가 유혹을 했고, 여자는 굴복했다는 것이겠군." 그러자 더글라스가 일어나더니 전날 밤에 그랬듯이 불가로 다가가 발로 장작을 툭툭 치면서 우리에게 등을 돌리고 잠시 서 있었다. "그녀는 그를 딱 두 번밖에 보지 못했소."

"그래서 그녀의 열정이 더 아름다운 것이겠지."

나의 이 말에 더글라스가 나를 향해 돌아섰고, 그 바람에 나는 흠칫 놀랐다. "맞아. 그래서 아름다웠소. 그의 유혹에 굴복하지 않은 사람들도 있었으니까. 그는 그녀에게 자신의 모든 어려움을 털어놓았소. 다른 후보자들은 그가 내건 조건들을 받아들일 수 없었거든. 두려움이 앞섰던 거겠지. 조건들이 모호하고 좀 기이했거든. 그중에서 제일 강조하는 조건 때문에 더 그랬을 거요."

"그게 뭐였는데?"

"절대로 자기를 귀찮게 하지 말라는 것이었소. 무슨 일이 있어도 자기를 찾아와 하소연을 하거나, 불평하지 말고, 서면으로 보고도 하지 말라는 거였지. 모든 문제를 스스로 알아서 해결하고, 돈은 변호사가 주는 대로 다 받으면 된다는 거요. 받을 건 다 받되 자기를 귀찮게 하지만 않으면 된다는 뜻이지. 그런데 그녀의 말에 따르면, 그녀가 그렇게 하기로 약속하자, 걱정거리를 내려놓고 기분이 좋아진 그 남자가 그녀의 손을 잡고 미리 감사를 했다더군. 그 순간 그녀는 모든 보상을 받은 것처럼 느꼈다고 했소."

"하지만 정말로 그녀가 받은 보상은 그게 전부였나요?" 여자 손님들 중 한 사람이 물었다.

"그녀는 그를 두 번 다시 보지 못했습니다."

"저런!" 여자가 한탄을 하고 우리의 친구 더글라스는 바로 자리를 떠났기 때문에 다음 날 밤이 오기 전까지는 그녀의 외마디 탄성이 이야기에 대한 유일한 화답이었다. 다음 날, 더글라스는 난롯가에 놓인 제일 좋은 의자에 앉아서 금테가 둘러진 고풍스러운 사진첩의 색 바랜 빨간 표지를 열었다. 전체를 읽는 데는 며칠이 걸렸다. 더글라스가 막 읽기 시작하려는데 어제 마지막 탄성을 올렸던 여성이 또 질문을 했다. "제목이 뭔가요?"

"없습니다."

"아, 나에게 떠오르는 제목이 하나 있는데!" 내가 말했다. 하지만 더글라스는 내 말에 주의를 기울이지 않고 맑고 세련된 음성으로 원고를 읽기 시작했다. 그 소리는 마치 원고를 쓴 여성의 아름다운 필체를 그대로 귓속에 옮겨 넣어 주는 것 같았다.

1

처음엔 모든 것이 비상과 추락의 연속, 그리고 불안과 안도의 널뛰기 같았다. 시내에서 그의 호소에 가까운 제안을 받아들이고 한껏 들떠 있던 나는 그 후로 며칠 연속 힘든 시간을 보냈다. 내 결정에 의구심이 들기 시작하면서 그의 제안을 받아들인 게 실수인 것 같다는 불안감에 시달려야 했기 때문이다. 이런 상태로 긴 시간 덜컹거리는 4륜 마차에 흔들리다 보니 시골집에서 나를 데리러 온 마차로 갈아탈 정류소에 도착했다. 미리 들은 바와 같이, 덮개가 있는 넓고 편리한 마차가 6월의 오후 빛을 받으며 나를 기다리고 있었다. 화창한 오후에 시골길을 지나려니 여름의 달콤한 공기가 나를 다정하게 맞아주는 것 같았다. 새삼 용기가 솟았다. 가로수가 심어져 있는 저택의 진입로에 들어서자 마음이 더욱 편안해졌는데 이는 그동안 내가 얼마나 의기소침해져 있었는지를 확인시켜주는 것 같았다. 눈앞에 펼쳐진 광경은 음침한 곳일 거라는 나의 걱정 어린 예상과는 사뭇 달랐다. 지금도 내게 가장 좋은 인상으로 남아 있는 것은 넓고 깨끗한 집의 정면이었다. 열려 있는 창문들에는 말끔한 커튼이 달려 있었고, 두 명의 하녀가 밖을 내다보고 있었다. 잔디밭과 환하게 피어 있는 꽃들도 기억한다. 마차 바퀴에 자갈이 밟히는 소리와 황금빛으로 물드는 하늘을 배경으로 나무 위를 빙빙 돌며 까옥거리던 떼까마귀도. 그 장면이 너무도 웅장해서 나는 누추한 고향집을 떠나 전혀 다른 세상에 와 있는 것 같았다. 곧 어린 여자 아이의 손을 잡고 한 여자가 현관에 나타났다. 교양 있어 보이는 그 여자는 예의 바르게 무릎을 굽혀 인사했다. 마치 내가 저택의 안주인이거나 귀한 손님이라도 되는 것처럼. 할리 가에서 만난 이 저택의 주인은 저택에 대해서 별로 자세한 설명을 해 주지 않았는데, 나중에 생각해 보니 자기가 약속한 것 이상을 내가 이곳에서 누리고 살도록 한 것 같아서 그가 더욱 신사로 느껴졌다.

다음 날까지 또다시 기분이 가라앉을 일은 없었다. 그때부터는 내가 맡게 될 아이들 중 어린 아이에게 나를 소개하면서 의기양양한 시간을 보냈기 때문이다. 그로스 부인을 따라 나와 나를 맞이했던 여자 아이는 어찌나 사랑스러운지, 그 애를 맡게 된 것이 큰 행운으로 느껴질 정도였다. 지금까지 내가 본 중에 가장 아름다운 아이 같아서 나를 고용한 그 남자가 왜 이 아이에 대해 좀 더 말해주지 않았는지 의아할 정도였다. 그날 밤은 너무 흥분한 탓에 조금밖에 자지 못했다. 하지만 그조차도 나의 자유의지가 존중 받는 것 같은 느낌을 더해주면서 나를 설레게 했다. 나는 크고 잘 꾸며진, 이 집에서 가장 좋은 방을 사용하게 되었는데, 고급스러움이 느껴지는 침대, 길고 풍성하게 주름 잡힌 커튼, 난생처음 머리부터 발끝까지 한 번에 보는 경험을 할 수 있게 해 준 커다란 거울은 내게 맡겨진 어린 소녀의 빼어난 매력과 더불어 무상으로 주어진 선물 같았다. 그 집에 처음 발을 들여놓는 순간부터 그로스 부인과는 잘 지낼 수 있을 것 같은 생각이 들었다. 마차를 타고 오면서 사실은 그녀와의 관계가 순조롭지 못하면 어쩌나 걱정했었다. 한 가지 마음에 걸리는 게 있다면, 아직 처음이기는 하지만, 그녀가 나를 너무 반기는 것 같다는 점이다. 다부진 체격에 단순 명쾌하고 청결하며 건강해 보이는 그로스 부인은 그러한 자기 감정을 드러내지 않으려고 노력하는 것 같았지만, 나는 도착하고 나서 30분도 되지 않아 그러한 사실을 알아차릴 수 있었다. 그때도 왜 그녀가 그런 감정을 굳이 숨기려고 하는지 좀 의아했는데 그런 모습은 나중에 다시 생각해 봐도 충분히 나를 불안하게 할 수 있는 점이었다.

하지만 내가 맡게 된, 눈부시게 빛나고 천사처럼 아름다운 어린 소녀와 관련해서는 그 어떤 불편한 감정도 없다는 사실이 큰 위안이 되었다. 다음 날 아침이 오기 전에 몇 번이나 일어나 방 안을 서성이며 눈앞에 보이는 것들과 앞으로 다가올 것들을 모두 받아들이자고 다짐했던 것도 바로 천사처럼 아름다운 그 아이 때문이었다. 열려 있는 방의 창문을 통해 여름날의 새벽이 희미하게 밝아오는 것을 보면서, 시선이 닿는 데까지 저택의 이모저모를 살펴보았다. 어스름한 하늘에서 들려오는 첫 새의 지저귐을 들으면서, 나는 간밤에 들었던 그 소리가 또 들리는지 귀를 기울여보았다. 자연의 소리와는 다른 어떤 소리가 몇 번 들린 것 같았기 때문이다. 그 소리는 밖이 아니라 안에서 들리는 것 같았는데 한 번은 멀리서 희미하게 들리는 어린 아이의 울음소리 같았고, 또 한 번은 내 방 앞에서 나는 가벼운 발소리 같았다. 그렇지만 어차피 상상 속에서 일어난 일이었기 때문에 대수롭지 않게 흘려버렸다. 이제 다시 생각해보니, 그건 그 후에 일어난 일들에 비추어 볼 때 대수롭지 않았다는 뜻이다. 어린 플로라를 지켜보고, 가르치고, '훈육'하는 일이 행복하고 보람 있는 시간이 될 것임은 분명했다. 아래층 사람들과 의논해서 첫날 밤 이후부터는 내가 밤에 플로라를 데리고 자는 것으로 합의가 되었고, 그녀의 희고 작은 침대를 내 방에 들여놓았다. 앞으로는 내가 플로라를 전적으로 맡아서 돌볼 것이지만, 아직은 내가 낯설 것이고 그녀가 수줍음이 많은 성격임을 고려해서 마지막으로 하루 더 그로스 부인과 자게 했던 것이다. 어린아이로서는 참 드문 일이지만, 플로라는 자신의 수줍음에 대해 솔직했고 당당했으며, 아무런 거리낌 없이 라파엘의 아기 천사에 등장하는 아이처럼 차분하고 사랑스럽게 그것에 대해 이야기를 나누고 인정했다. 그랬기 때문에 나는 그녀가 그렇게 수줍은 성격이었음에도 곧 나를 좋아하게 될 거라는 확신을 가질 수 있었다. 이건 내가 그로스 부인을 좋아하게 된 이유들 중 하나이기도 했다. 네 개의 긴 초가 밝혀져 있는 저녁 식탁에서 높은 소아용 의자에 턱받이를 하고 앉아서 촛불들 사이로 환한 미소를 지으며 빵과 우유를 넘어 나를 바라보는 플로라를 볼 때면 나는 선망과 경이감에 벅차오르곤 했는데, 그런 나를 보며 그로스 부인은 무척 기뻐했다. 그러다 보니 자연히 그로스 부인과 나는 플로라가 있는 자리에서 놀라워하거나 흡족한 표정을 지으며 무언의 눈빛을 주고받는 경우가 종종 있었던 것이다.

"사내 아이 말이에요. 그 애도 플로라를 닮았나요? 그 애도 플로라처럼 착하고 예쁜가요?"

어린 아이를 추켜세우지는 않는 법이지만 그로스 부인은 이렇게 말했다. "그럼요, 선생님, 누구보다 뛰어난 아이죠. 플로라가 마음에 드셨다면-!" 그로스 부인은 접시를 들고 서서 플로라를 내려다보며 말했다. 플로라는 천사 같은 눈으로 아무런 의심 없이 우리 두 사람을 번갈아 바라보았다.

"말씀하세요. 플로라가 마음에 들었다면, 뭐요?"

"꼬마 도련님을 보면 매혹되고 마실 것이라는 말이죠!"

"하긴, 그러려고 여기 온 것 같네요. 매혹되려고 말이에요. 하지만 두렵기도 해요." 그러고는 순간적으로 덧붙였다. "제가 쉽게 매혹되는 편인 것 같아서 말이죠. 런던에서도 그랬거든요!"

내 말을 듣고 놀라는 그로스 부인의 넓적한 얼굴이 잊히지 않는다. "할리 가에서 말인가요?"

"네, 할리 가에서."

"아, 그건 말이죠, 선생님이 처음은 아니랍니다. 마지막도 아니겠지만."

"감히 내가 유일한 여자였다고 생각하지는 않아요." 내가 웃으며 말을 받았다. "또 한 명의 제자는 내일 오는 거죠?"

"내일이 아니고, 금요일이에요. 선생님이 오실 때처럼 경호원과 함께 마차를 타고요. 선생님이 여기 도착하실 때 타고 오셨던 그 마차가 마중을 나갈 겁니다."

나는 사내아이가 도착하는 정류소에 플로라와 내가 마중을 나가는 것이 좋지 않겠느냐고 물었다. 그렇게 하는 것이 도리일 것 같기도 했고, 이왕이면 아이를 좀 더 다정하게 맞아주고 싶어서였다. 그로스 부인은 내 생각에 진심으로 동의했고, 나는 그런 그녀를 보며 마음이 놓였다. 그로스 부인의 그러한 반응은 앞으로도 매사에 나와 한 마음일 것이라는 맹세처럼 느껴졌고, 감사하게도 그 예감은 한 번도 어긋난 적이 없었다. 그로스 부인은 진심으로 나를 반기고 있었던 것이다!

다음 날 내가 좀 가라앉은 기분이 들었던 것은 도착할 때 느꼈던 설렘에 대한 반작용이라고 할 수는 없을 것 같다. 굳이 해석을 붙이자면 새로운 환경을 돌아보고, 올려다보고, 받아들이면서 느끼는 약간의 압박감이었던 것 같다. 마음의 준비가 되지 않은 상태에서 이곳의 웅장하고 고급스러운 환경에 들어왔기 때문에 나는 스스로가 자랑스러움과 동시에 조금 두렵기도 했던 것이다. 이러한 심적 동요 때문에 수업 일정은 조금 뒤로 미룰 수밖에 없었다. 기억을 더듬어 보면, 나는 그때 내가 가장 먼저 해야 할 일이 내가 가진 최선의 기량을 발휘해서 플로라와 친해지는 것이라고 생각했던 것 같다. 그날은 하루 종일 플로라와 밖에서 보냈다. 나는 꼭 그녀의 안내를 받아 집을 돌아보고 싶다고 했고, 그녀는 그런 내 제안에 무척 흡족해 했다. 플로라는 장난기 가득하고 명랑한, 어린 아이다운 설명을 곁들여 가면서 계단 하나, 방 하나도 빼놓지 않았으며, 구석구석 숨겨져 있는 비밀의 공간들까지 안내해 주었다. 그러다 보니 집 구경을 시작하고 30분도 안 되어 우리는 아주 편안한 친구가 되었다. 집을 돌아보는 내내 나를 놀라게 했던 것은 어린 나이의 플로라가 보여주는 자신감과 용기였다. 휑하게 비어 있는 방이나 어두운 복도, 굽이쳐 돌아가는 계단들을 지날 때에는 나도 멈칫거렸다. 지붕의 경사면에 돌출된 탑 꼭대기에 올라갔을 때는 어지러울 정도였지만, 플로라는 아침의 음악 같은 목소리로 내가 묻는 것 이상으로 자세한 설명을 곁들여가며 나를 인도해 주었다. 블라이를 떠나온 이후로 다시 가보지 않았기 때문에, 그때보다 나이도 더 먹고 아는 것도 많아진 지금 다시 가보면 그때보다는 저택이 왜소해진 느낌이 들지도 모르겠다. 하지만 금발 머리에 파란 원피스를 입은 나의 작은 안내자가 나보다 앞서서 모퉁이를 돌아 복도를 타닥타닥 뛰어갈 때면, 마치 이야기책이나 동화에 나오는 모든 색깔을 엮어 만든, 아이들이라면 누구라도 꿈꿀만한, 장밋빛 요정이 사는 낭만적인 성을 보는 것 같았다. 과연 나는 잠깐 졸음에 겨워, 아니면 꿈을 꾸면서 이야기책 속으로 빨려 들어갔던 것일까? 아니다.

그곳은 크고, 흉측하고, 오래된, 그러나 편리한 실제의 집이었다. 몇 가지 옛 저택의 특징들을 간직한 채, 반쯤은 교체되고 반쯤은 그대로인 그런 집. 그 속에서 우리는 표류 중인 거대한 배에 남아 있는 몇 안 되는 승객들처럼 방향을 잃은 채 살고 있었다. 그리고 이상하게도 그 배의 키를 잡고 있는 사람은 바로 나였다!

/

2

/

그러한 느낌은 이틀 후 플로라와 함께 그로스 부인이 말하는 꼬마 신사를 마중하러 갔을 때 더욱 확실해졌다. 그리고 둘째 날 저녁에 벌어진, 나를 불안하게 만든 그 당혹스러운 상황 때문에 더 뼈저리게 실감해야 했다. 블라이에 도착한 첫째 날은 전반적으로 내가 말했듯이 비교적 편안했다. 하지만 시간이 지나면서 뭔가 불안한 기운이 다가오고 있음을 느낄 수 있었다. 그날 저녁 늦게 우편물이 도착했는데, 그 속에 편지 한 장이 포함되어 있었던 것이다. 나의 고용인이 보낸 짧은 편지였다. 그리고 아직 뜯지 않은 또 다른 편지가 동봉되어 있었는데, 수신자는 그 남자였다. "동봉하는 편지는 마일스의 학교 교장이 보낸 것이오. 말도 섞고 싶지 않은 인간이지. 그의 편지를 읽고 처리해 주시오. 그렇지만 내게 보고하지는 마시오. 한 마디도. 나는 절대 관여하지 않겠소!" 나는 한참 동안 동봉된 편지를 열어볼 수 없었다. 결국은 저녁에 방으로 가지고 올라갔고, 잠자리에 들기 전에야 겨우 용기를 내서 열어볼 수 있었다. 하지만 다음 날 아침에 열어보는 게 좋았을 뻔했다. 두 번째 불면의 밤을 보내야 했기 때문이다. 누구와 의논도 하지 못한 채로 혼자 속을 끓이자니 다음 날은 하루 종일 마음이 너무 무거웠다. 그러다가 적어도 그로스 부인에게는 털어놓아야겠다고 마음을 먹었다.

"그게 무슨 말인가요? 마일스 도련님이 퇴학을 당하다니요."

그 순간 그로스 부인의 의미심장한 눈빛을 나는 놓치지 않았다. 하지만 그녀는 곧 아무것도 모르는 표정으로 돌아오면서 조금 전의 그 눈빛을 지우려는 듯 물었다. "하지만 다른 아이들도 전부—?"

"집으로 돌아갔죠. 맞아요. 방학을 맞아서 간 거죠. 그렇지만 마일스는 방학이 끝나도 돌아가지 않을 거예요."

그녀의 얼굴이 발갛게 달아올랐다. "마일스 도련님을 다시 받아들이지 않는단 말이에요?"

"완전히 내보낸 거죠."

그제야 그로스 부인은 눈을 들어 나를 마주보았다. 그녀의 눈에 눈물이 차올랐다. "무슨 잘못을 한 걸까요?"

나는 잠시 망설이다가, 그녀에게 편지를 보여주는 게 제일 나을 것 같다는 생각이 들었다. 하지만 그녀는 편지를 받는 대신 두 손을 뒤로 하고 쓸쓸한 표정으로 고개를 저었다. "저는 봐도 이해하지 못합니다, 선생님."

아, 내 의논 상대자는 글을 읽을 줄 몰랐던 것이다! 나는 실수를 했다는 생각에 잠시 멈칫하다가 편지를 펼쳐 다시 한번 읽어주었다. 그러고는 접어서 주머니에 넣으며 물었다. "마일스가 그렇게 나쁜 아인가요?"

그로스 부인이 여전히 눈물을 글썽거리며 되물었다. "편지에 그렇게 적혀 있습니까?"

"자세한 언급은 없어요. 단지 마일스를 계속 데리고 있을 수 없게 되어 유감이라고만 적혀 있네요. 그렇다면 이유는 하나밖에 없겠죠." 그로스 부인은 멍한 표정으로 내 말을 듣고 있었다. 아마도 그 하나의 이유가 뭐냐고 묻고 싶었을 것이다. 나는 그녀가 내 앞에 있다는 사실에 조금은 안심하면서 앞뒤 정황에 맞게 설명을 해 주었다. "다른 학생들에게 해가 된다는 뜻이겠지요."

그러자 단순한 사람들이 감정의 기복도 쉽게 나타내듯이, 그로스 부인은 순간적으로 격분을 하며 말했다. "마일스 도련님이 말인가요? 다른 학생들에게 해가 된다고요!"

나는 아직 마일스를 보지 못했지만 그녀의 그런 모습에는 마일스의 선함에 대한 굳은 믿음이 있었다. 퇴학을 당했다는 말을 듣고도 흔들리지 않는 그녀의 맹목적인 믿음에 두려움마저 일었다. 나는 그로스 부인의 믿음에 동조하는 편을 택하고 냉소적으로 덧붙였다. "그러게 말이에요. 순진하고 가여운 동급생들에게 해가 된다잖아요!"

"그건 너무 가혹한 말이네요! 채 열 살도 안 된 아이한테." 그로스 부인이 절규하듯 외쳤다.

"맞아요. 말도 안 되죠."

내가 그렇게 단언해 주자 그로스 부인은 무척 고마워하는 것 같았다. "선생님도 어서 만나보세요. 그러면 내 말을 믿게 되실 거예요!" 나도 얼른 마일스를 만나고 싶었다. 일단 그에 대한 궁금증이 일기 시작하자 그 후로 몇 시간을 보내는 게 고통스러울 정도였다. 내가 자기 말에 동조한다는 걸 느낀 그로스 부인이 자신 있게 덧붙였다. "우리 꼬마 아가씨에 대해서 그런 말을 했다면 믿으시겠어요? 어머, 아가씨," 그러더니 탄성을 올리듯 외쳤다. "저기 우리 아가씨를 좀 보세요!"

고개를 돌리니 플로라가 보였다. 10분 전에 공부방에서 백지와 연필, 그리고 '둥근 O자들이 가득 그려진' 종이를 주고 나왔는데 어느새 활짝 열린 문 앞에 나와 있는 것이었다. 플로라는 그녀 나름의 방식으로 내가 내 준 과제를 도저히 할 수 없다는 표현을 하고 있었다. 하지만 그녀의 어린아이다운 천진함은 나로 하여금 내가 너무 좋은 나머지 나를 따라올 수밖에 없었던 것처럼 느끼게 했다. 그 느낌 하나만으로도 나는 그로스 부인의 비유에 완전히 공감할 수 있었고, 내 어린 제자를 두 팔로 안고 속죄의 마음을 담아 그녀의 얼굴에 키스를 퍼부었다.

그 시간 이후로도 나는, 특히 저녁에는 더 적극적으로, 그로스 부인에게 말을 건넬 기회를 엿보았지만, 왠지 그녀가 나를 피하는 것 같은 느낌이 들었다. 그러다가 계단에서 기회가 왔다. 함께 계단을 내려가게 되었던 것이다. 맨 아래까지 내려왔을 때 나는 그녀의 팔을 잡고 말했다. "낮에 제게 하셨던 말은 그러니까 마일스가 나쁜 행동을 하는 걸 한 번도 본 적이 없다는 뜻인 거죠?"

그러자 그로스 부인이 고개를 뒤로 젖혔다. 그 때쯤에는 솔직하기로 마음을 먹은 것 같았다. "아니오. 한 번도 본 적이 없다— 그런 뜻으로 말 한 것은 아닙니다!"

나는 좀 짜증이 나려고 했다. "그렇다면 본 적이 있다는—?"

"네, 그럼요. 다행이지요."

나는 그녀의 대답을 잠시 생각해 보고 말했다. "그렇다면 절대로 말썽을 부리지 않는 아이는……?"

"그런 아이는 아이답지 않아요!"

나는 그녀의 팔을 잡은 손에 힘을 주며 물었다. "말썽꾸러기인 게 좋다는 말씀인가요?" 그러고는 그녀의 대답을 기다리지 않고 말을 이었다. "저도 그래요! 그렇지만 다른 사람들을 오염시킬 정도로……"

"오염시킨다고요?" 내 표현은 그녀를 몹시 당황시킨 것 같았고, 나는 다시 설명해야 했다. "나쁜 물을 들인다는 뜻이에요."

그녀는 내 말 뜻을 이해하려고 애를 쓰면서 한동안 나를 바라보더니 기가 막힌다는 듯 어색하게 웃으며 물었다. "마일스 도련님이 선생님을 나쁘게 물들일까 봐 걱정하시는 건가요?" 그로스 부인이 대담한 어조로 내 말을 받아 넘기는 동안 나는 그녀의 기분에 부응하기 위해 약간 멍청하게 웃으면서 그녀의 말 속에 담긴 빈정거림을 찬찬히 곱씹어 보았다.

다음 날 나를 역으로 데려갈 마차가 다가오는 동안 나는 전혀 다른 일에 대해 그녀에게 불쑥 물었다.

"제가 오기 전에 있던 여성분은 어땠나요?"

"전에 있던 가정교사 말씀이세요? 그분 역시 젊고 예쁘셨어요, 거의 선생님만큼이나 젊고 아름다우셨죠."

"그랬군요. 그 분이 자신의 젊음과 아름다움의 덕을 보셨다면 좋겠네요!" 나는 아무 생각 없이 이렇게 받았다. "젊고 아름다운 가정교사를 선호하시는 것 같던데 말이에요!"

"물론 그랬지요." 그로스 부인이 동조했다. "그게 그 사람이 사람을 좋아하는 방식이었으니까요!" 그로스 부인은 이렇게 말하고는 잠시 숨을 고르는 듯 말을 끊었다가 덧붙였다. "제 말은 주인어른이 그러셨다는 말씀이에요."

나는 깜짝 놀랐다. "처음에는 누구를 말씀하신 건데요?"

그로스 부인은 무표정하려고 애를 썼지만 얼굴이 상기되었다. "당연히 그분이죠."

"주인어른이요?"

"그럼 누구겠어요?"

내가 생각해도 다른 사람이 있을 수 없었으므로, 나는 곧 그녀가 뜻하지 않게 내뱉은 말에 대해서는 잊어버리고 내가 알고 싶은 것을 물었다. "혹시 전 가정교사가 마일스에 대해 특이한 점을 발견했다거나 하지는 않았나요?"

"좋지 않은 점 같은 거 말씀이세요? 저에게 말한 적은 없습니다."

나는 좀 망설이다가 용기를 내서 물었다. "신중한 분이었나 보죠?"

그로스 부인은 가능한 한 객관적이고 진정성 있게 대답하려고 애쓰는 것 같았다. "어떤 면에서는…… 그랬어요."

"모든 면에서 그런 건 아니었고요?"

이번에도 그로스 부인은 신중하게 생각해 보더니 대답했다. "그런데요 선생님, 그 분은 이미 돌아가셨잖아요. 고인에 대한 이야기를 나쁘게 하고 싶지는 않아요."

"어떤 마음이신지 충분히 알겠어요." 나는 얼른 그녀의 말에 응수를 해 주었다. 하지만 조금 더 알고 싶어 하는 것이 문제 될 건 없다는 생각이 들었다. "그 분은 여기서 돌아가셨나요?"

"아니오. 떠나셨어요."

그로스 부인이 너무 말을 아끼려드는 바람에 나는 도무지 답답해서 견딜 수가 없었다. "죽음을 맞이하기 위해 떠났다는 건가요?" 그로스 부인이 창밖으로 고개를 돌렸다. 하지만 블라이에서 나와 같은 일을 하던 젊은 여성이 어떤 경험을 했는지에 대해서 나도 알 권리가 있다는 생각이 들었다. "그러니까 병이 나서 집으로 돌아갔다는 건가요?"

"병이 나신 건 아니었어요. 적어도 여기 계시는 동안은 그렇게 보이지 않았거든요. 연말에 잠깐 휴가를 내서 집에 다녀오겠다며 가신 거죠. 가정교사로 일한 기간이 충분했기 때문에 휴가를 낼 수 있었죠. 그때는 젊은 보모가 있었는데, 착하고 영리한 소녀였죠. 가정교사 선생님이 휴가를 가신 동안 그녀가 아이들을 돌보았어요. 그러고 나서 선생님은 영영 돌아오지 못하게 된 거예요. 돌아오실 즈음에 주인어른이 그분이 돌아가셨다는 소식을 전해주셨어요."

나는 다시 물었다. "왜 돌아가셨는데요?"

"주인어른이 말씀해 주시지 않았어요! 선생님, 제발," 그로스 부인이 애원조로 말했다. "저는 이제 가서 일을 해야 합니다."

/
3
/

그로스 부인이 그렇게 나로부터 돌아선 것은, 다행스럽게도 우리 관계를 멀어지게 하는 걸림돌이 되지는 않았다. 마일스를 데리고 돌아온 후, 내가 거의 최면에 빠져 감정적으로 들뜬 상태로 지내게 되면서 우리는 전보다 더 친밀해졌다. 일단 마일스를 보고 나니 그런 아이에게 퇴학이라는 혹독한 제재를 취한 것은 무자비한 일이라는 확신이 들었다. 마중하기로 한 장소에 조금 늦게 도착했을 때 마일스는 마차가 내려주고 간 여인숙 안에서 쓸쓸한 표정으로 밖을 내다보며 나를 기다리고 있었다. 그런 마일스를 보는 순간, 신선한 빛이 비치면서 그 애의 여동생을 처음 만났을 때 느꼈던 순수의 향기가 또다시 느껴지는 것 같았다. 마일스는 그로스 부인의 말처럼 놀랍도록 잘생기고 매력적이었다. 그 애를 마주하고 있는 동안은 애틋함과 사랑스러움 이외의 모든 감정은 바람에 쓸려가듯 사라져버리는 것 같았다. 그때 그 자리에서 마일스는 사랑 이외에는 세상에 존재하는 어떤 것과도 무관한 듯한, 형언할 수 없는 신성한 존재로 내 마음 속에 들어왔다. 그때까지 만났던 다른 어느 아이에게서도 느껴본 적이 없는 깊은 감정이었다. 그 애의 감미로운 순수함에는 어떤 오명도 따라올 수가 없을 것 같았으며, 마일스와 함께 블라이에 돌아왔을 때에는 내 방 서랍에 잠긴 채 들어 있는 흉악한 편지를 도무지 이해할 수 없다는 생각뿐이었다. 나는 그로스 부인과 사담을 나눌 기회가 오자마자 마일스를 퇴학시킨 일이야말로 정말 말도 안 되는 일이라고 단언했다.

그녀는 단번에 내 말을 알아들었다. "너무 가혹하다는 말씀이지요?"

"도저히 말도 안 되는 일이에요, 부인. 저 아이를 보세요!"

그로스 부인은 내가 마일스의 매력에 빠졌다는 사실에 흐뭇한 미소를 지었다. "선생님 말씀이 절대적으로 옳습니다! 그래서 뭐라고 하실 건데요?" 그로스 부인이 바로 덧붙였다.

"편지에 대한 답장 말인가요?" 나는 이미 마음을 정하고 있었다. "아무런 응답도 하지 않을 겁니다."

"그럼 마일스의 삼촌께는요?"

"아무 말도 하지 않겠어요."

"그럼 마일스에게는요?"

"아무 말도."

그러자 그로스 부인이 앞치마로 자기 입을 시원하게 닦더니 말했다. "그렇다면 저는 선생님 편에 서겠어요. 끝까지 맞서 보자고요."

"그럼요, 끝까지 맞서 봐야죠!" 나는 결의에 찬 음성으로 이렇게 외치면서 맹세를 하듯 손을 들어보였다.

그로스 부인은 나를 잠시 안더니 남은 한 손으로 다시 한번 앞치마를 들어 올려 입을 닦으며 말했다. "괜찮으시다면 선생님, 제가⋯⋯."

"키스를 해도 되겠느냐고요? 물론이죠!" 나는 그녀를 두 팔로 안았다. 친자매처럼 서로를 끌어안고 있으려니 더욱 뜨겁게 의기가 투합 되는 것 같았다.

아무튼 그 때는 그런 시기였다. 모든 것이 너무 충만해 있는 상태였는데, 지금도 그 시절을 떠올려 보면 조금 더 명확하게 정리했어야 하는 많은 일들이 떠오른다. 내가 어떻게 모든 것을 그렇게 맹목적으로 수용할 수 있었는지 놀라울 뿐이다. 그 길고도 어려운 노력을 그 정도까지 이어갈 수 있었던 것은 나의 동지인 그로스 부인과의 결기 덕분이기도 했고, 내가 마법에 걸린 듯한 상태였기 때문이기도 했다. 나는 그때 열정과 연민으로 들떠 있는 상태였다. 무지와 혼돈에 싸여 있었고, 거기에 자만심까지 차 있었기 때문에 이제 막 세상을 향해 첫 걸음을 떼어야 하는 마일스의 훈육을 전담하는 일을 가볍게 여겼던 것 같다. 여름 방학이 끝나고 학기가 시작되었을 때를 위해 어떤 학습 계획을 준비했었는지는 기억이 나지 않는다. 그 행복했던 여름 동안 외면적으로는 마일스가 나에게 가르침을 받는 거였지만, 실제로 몇 주 동안 새로운 것을 배운 사람은 나였다. 좁고 억압되었던 나의 지난 삶에서 배울 수 없었던 것들을 배웠던 것이다. 즐거움을 느끼고, 남을 즐겁게 하는 법을 배웠으며, 내일을 생각하지 않는 삶을 배웠다. 난생처음으로 공간과 공기, 자유에 대해 알게 되었으며, 여름의 음악과 자연의 신비를 알게 되었다. 그리고 배려가 있었다. 배려를 경험하는 일은 감미로웠다. 하지만 그것은 나의 상상력과 예민함, 그리고 허영심에 놓아진 덫이었다. 계획된 것은 아니었지만 너무 깊었으며, 내 안에 가장 흥분하기 쉬운 기질이 먹잇감이었다. 완전히 방심한 상태였다고 표현하는 것이 정확할 것이다. 아이들은 나를 거의 힘들게 하지 않았다. 아이들로서는 보기 드물게 점잖고 온순했다. 나는 희미하게나마 미래에 어떠한 어려움이 닥쳐서 아이들을 힘들게 하고 상처 입게 할 것인지 생각해보곤 했다(모든 미래에는 난관이 있게 마련이지 않던가!). 아이들은 건강하고 행복했다. 그럼에도 나는 마치 고귀한 신분의 남매나 왕족의 혈통을 책임지고 있어서 그들의 안위를 위해서는 울타리를 치고 보호해야 하는 것처럼 느꼈으며, 상상 속에서 내가 그리는 아이들의 미래는 오직 낭만적이고 왕궁 같은 정원과 공원에서 펼쳐지는 삶뿐이었다. 그 평온한 세계에 끼어든 그 사건은 이전의 시간을 마법에 걸린 고요함처럼 느껴지게 했다. 그 고요함 속에 무언가 도사리고 있었던 것처럼. 실제로 변화는 야수처럼 한 순간에 달려들었다.

첫 몇 주 동안은 하루가 길었다. 제자들이 차를 마시거나 잠자리에 들고 나면 나는 하루를 마무리하기 전에 잠시 나만의 시간을 가질 수 있었다. 아이들과 함께 지내는 시간도 좋았지만, 가장 좋아하는 시간은 바로 그 때였다. 그 중에서도 햇빛이 옅어진 채 아직 하늘에 머물고, 무성한 나무에서 하루의 끝을 알리는 새들의 지저귐이 쏟아져 나와 하늘을 채우는 그 시간을 가장 좋아했다. 그럴 때 나는 마당으로 나가서 마치 내가 그곳의 주인인 양 제법 으쓱한 기분으로 저택의 아름다움과 기품을 만끽했다. 그러다 보면 기쁨에 젖어 마음이 평온해지면서 내가 잘 살고 있음을 스스로 확인할 수 있었다. 나의 현명한 사리 분별과 높은 교양에서 비롯된 자율적인 선택이 내게 이 일을 맡긴 사람에게 기쁨을 주고 있다는 생각 때문이기도 했다. 그는 한 번이라도 그런 생각을 했을까! 내가 하고 있는 일은 그가 진심으로 바라고 간청했던 일이었으며, 내가 그의 기대에 부응하고 있다는 사실은 생각했던 것보다 큰 기쁨을 안겨주었다. 감히 말하건대, 그때는 나 자신이 아주 괜찮은 여자라는 환상에 빠져 있었으며, 언젠가는 나의 그러한 면모가 모두에게 공공연히 드러날 것이라는 확신에 안주하고 있었다. 이제 곧 첫 시작의 징후를 알려올 엄청난 일에 맞서려면 나 역시 그렇게 대단한 사람이어야 했다.

그날 저녁 나는 아이들을 잠자리에 들게 한 후 밖으로 나와 산책을 하면서 한창 내 시간을 즐기고 있었다. 산책을 하면서 내가 주로 하는 생각은 우연히 누군가를 만나게 되는 거였다. 굽어진 길을 따라 돌면 누군가 거기 서서 나를 향해 미소를 지어주는 상상이었다. 나의 노고를 잘 알고 있다는 듯한 미소 말이다. 그 이상은 바라지 않았다. 그가 나를 인정해 주는 것으로 나는 모든 보상을 받은 것 같을 테니까. 내가 그걸 확인하는 길은 그의 잘생긴 얼굴에서 그것을 발견하는 것뿐이었다. 그런데 6월의 긴 하루가 끝날 무렵 산책을 하던 내게 바로 그 일이 일어난 것이다. 수풀을 벗어나 저택이 보이는 곳에 잠시 멈춰 섰을 때였다. 내가 다른 무엇을 보았을 때보다도 놀라며 그 자리에 굳어졌던 이유는 상상이 한 순간에 현실로 이루어진 것 같은 충격 때문이었다. 그가 거기 서 있었던 것이다! 잔디밭 건너 높은 탑 위에. 이곳에 오던 첫 날 플로라가 나를 안내해서 올라갔던 탑이었다. 단면이 정사각형이고 울퉁불퉁한 톱니 구조로 이루어진 두 개의 탑이 쌍을 이루고 있었는데, 저택의 다른 부분들과 조화를 이루지 못하고 두드러졌다. 두 개의 탑은 무슨 이유에선지 각기 신탑과 구탑으로 구분되어 불렸는데 내가 보기에는 별 차이가 없는 것 같았다. 저택의 양 편에 하나씩 세워져 있어서 건축학적으로 보면 설계상의 오류 같았는데, 그래도 저택의 본체로부터 완전히 떨어져 있는 것은 아니고, 지나치게 높거나 거대하지 않아서 그나마 봐줄만 했다. 이제는 과거의 유물이 되어 버린 낭만주의 부흥기의 요란한 장식품이었다. 하지만 나는 그 탑들을 멋지다고 생각했으며 그것들을 바라보며 공상에 잠기곤 했었다. 특히 땅거미가 질 무렵에는 총안이 있는 흉벽의 웅장함이 더욱 두드러져 보였다. 그렇지만 내가 머릿속으로 상상했던 그의 모습을 만나는 장면은 그런 높은 곳에서가 아니었다.

저녁 어스름에 나타난 그 형상은 내게 뚜렷한 두 가지 감정을 엄습하게 했다. 첫 번째는 예리한 충격이었고, 두 번째는 놀라움이었다. 두 번째 놀라움은 첫 번째 충격이 착각이었다는 사실을 인지하면서 따라왔다. 내가 보고 있는 사람은 내가 성급하게 단정했던 그 사람이 아니었던 것이다. 그렇게 나는 황당한 장면을 목격하게 되었고, 수년이 지난 지금도 하나도 빠짐없이 그 모습을 기억할 수 있다. 한적한 곳에서 마주한 낯선 남자는 조용한 환경에서 자란 여자에게 당연히 두려움의 대상이다. 몇 초가 지나자 나를 향해 서 있는 남자는 내가 아는 어느 누구와도 닮지 않았고, 내가 마음속에 그리고 있는 사람과도 다르다는 사실을 알게 되었다. 할리 가에서도, 다른 어느 곳에서도 본 적이 없는 사람이었다. 게다가 정말 기이한 것은, 그가 서 있음으로 해서 그 곳에는 한 순간에 고적함이 감도는 것이었다. 이렇게 당시를 곰곰이 회상하며 설명하려니 그 때의 느낌이 고스란히 되살아난다. 내가 그 광경을 직면하고 있는 동안 주변의 다른 모든 것엔 죽음의 장막이 덮여 있는 것 같았다. 이 글을 쓰는 지금도 저녁의 모든 소리가 사라진 그 강렬한 고요가 느껴진다. 황혼녘의 하늘을 날던 떼까마귀도 까악거리기를 멈췄고, 내가 좋아하던 그 시간에 들을 수 있었던 모든 소리들이 들리지 않았다. 하지만 그 외의 자연은 모두 그대로였다. 다만 내가 그것들을 보는 시각이 예민해졌을 뿐. 하늘엔 여전히 황혼이 물들어 있었고, 맑은 공기도 여전했으며, 총안을 낸 흉벽 위에서 나를 내려다보는 사람도 액자에 담긴 그

림처럼 선명했다. 나는 어느 때보다 빠르게 거기 서 있는 사람이 누구일 수 있는지, 누가 아닐지 생각해 보았다. 우리가 서로를 마주하고 있는 거리는 제법 멀었기 때문에 나는 그가 누구인지 열심히 생각해 볼 시간을 가질 수 있었는데, 결국 생각해낼 수 있는 사람이 없다는 사실 때문에 두려움은 더욱 커졌다.

이런 기이한 일이 일어났을 때 그것에 대해 던질 수 있는 가장 중요한 질문은 그 일이 얼마 동안 지속되었는가 하는 것이다. 그런 면에서 내가 경험한 그 일은 내가 보고 있는 사람이 내가 모르는 사람일 수 있는 십여 가지 이상의 가능성을 차례로 떠올리는 동안 지속되었으며, 그 중에 어떤 것도 사태를 좀 더 나아지게 하지 않았다. 그는 집 안에 사는 사람일까? 그렇다면 얼마나 함께 살아온 사람일까? 이 집에서 내가 맡고 있는 직무를 고려해 볼 때 내가 그런 일을 모르고 있어도 안 되고, 그런 사람이 있어서도 안 된다는 생각을 하니 조금 화가났다. 내 안에 그런 감정이 끓어오르는 동안에도 그는 여전히 그곳에 서 있었다. 그는 그 높은 자리에서 내게 시선을 고정한 채, 마치 뭔가를 물어보려는 것처럼 희미한 저녁 햇살 사이로 나를 뚫어지게 바라보았다. 그는 모자를 쓰고 있지 않았는데, 그의 그런 모습이 익숙해 보인다는 사실 때문에 그에게서 묘한 자유로움이 느껴졌다. 서로 뭔가 말을 걸기에는 먼 거리였지만, 좀 더 가까웠더라면 서로 빤히 바라보느니 어색함을 깨기 위해서라도 말을 걸어볼 수 있을 것 같았다. 그는 집에서 먼 쪽 모퉁이에 비스듬한 각도로 똑바로 선 채 두 손을 흉벽 위에 얹고 있었기 때문에 나는 이 종이에 내가 쓰고 있는 글씨를 보는 것만큼이나 명확하게 그를 볼 수 있었다. 그리고 정확히 일 분 후, 마치 장면의 극적인 효과를 더하려는 듯 내게 시선을 고정시킨 채 천천히 탑의 반대편 모퉁이로 걸어갔다. 그러는 동안에도 나에게서 시선을 떼지 않았다. 지금도 그가 흉벽 위에 손을 올려놓은 채 자리를 옮길 때, 벽 윗면의 올록볼록한 톱니 모양을 쓰다듬듯 지나가는 손의 움직임이 눈에 선하다. 반대편 모퉁이까지 걸어가서는 잠시 서 있다가 돌아섰는데 그때까지도 그는 나를 보고 있었다. 아무튼 그는 돌아섰고 내가 아는 건 거기까지가 전부다.

/

4

/

사실 나는 그날 그 자리에 잠시 더 서 있었다. 충격과 두려움으로 얼어붙어 있었던 것 같다. 블라이에 '비밀'이 있었단 말인가. '우돌포'의 비밀 (1794년에 출간된 래드 클리프의 장편소설 《우돌포의 비밀(The Mysteries of Udolpho)》을 말한다. – 옮긴이) 같은 사연이나 비밀의 방에 숨겨져 있는 정신병자 친척? 혼란과 궁금증, 그리고 공포에 휩싸인 채 얼마나 오래 그 자리에 서 있었는지는 생각이 나지 않는다. 내가 기억하는 건 다시 집에 돌아왔을 때는 어둠이 깔린 후였다는 사실뿐이다. 충격에 휩싸인 채 걷다가 서다가 하면서 저택 주위를 3마일 정도 걸었던 것 같다. 하지만 그 후에 일어난 일들을 생각하면 이 사건은 그래도 견딜만한 공포였으며, 그 시작을 알리는 전령 정도였다. 특히 기억에 남은 장면은, 물론 다른 사건들도 그렇지만, 복도에서 그로스 부인과 마주치던 순간이었다. 그때의 장면이 다른 기억들과 함께 떠오른다. 흰색 벽으로 둘러싸인 넓은 실내, 밝은 전등, 벽에 걸린 초상화, 빨간 카펫, 그리고 나의 친구 그로스 부인의 놀란 얼굴. 그녀는 나를 보자마자 내가 안 보여서 걱정했다고 했다. 그녀의 순수한 따듯함과 비로소 안심하는 듯한 표정을 보니 그녀는 내가 방금 전에 직면한 기이한 사건과 무관하다는 사실을 알 수 있었다. 그녀의 편안한 얼굴을 보면 나도 기분이 나아질 것임은 집에 들어오기 전부터도 알고 있었지만, 왠지 밖에서 방금 마주했던 일을 그녀에게 말하는 것이 꺼려지는 나 자신을 발견하면서 사건의 심각성을 실감할 수 있었다. 그런데 무엇보다 이상한 것은 나의 동료인 그로스 부인을 그 공포스러운 사건에 연루시키고 싶지 않다는 생각을 하면서 내가 본격적으로 두려움을 느끼기 시작했다는 점이다. 무엇 때문이라고 설명할 수는 없지만, 환한 거실에서 그녀가 나를 바라보는 동안 나는 마음속으로 그런 다짐을 했으며, 아름다운 밤 풍경과 이슬, 젖은 발을 핑계로 늦게 들어온 이유를 대충 설명하고는 서둘러 내 방으로 올라갔다.

여러 날이 지난 후 또 한 번 사건이 있었다. 아주 기이한 일이었다. 그 즈음 나는 하루의 일과를 보내는 중에 종종 몇 시간 씩 혼자 떨어져 생각할 시간을 가져야 했다. 그럴 때면 직무에 해당하는 일이어도 미뤄두고 잠시라도 혼자가 되어야 했다. 아직은 심적인 불안이 스스로 통제할 수 없을 정도는 아니었지만, 그렇게 될까 봐 몹시 두려워하고 있었다. 나를 가장 불안하게 하는 건, 아무리 생각해 보아도 내가 만난 낯선 방문자에 대한 타당한 해명을 생각해 낼 수 없다는 사실이었다. 하지만 얼마 지나지 않아 나는 누구에게 물어보거나 신경 쓰이게 하는 말을 하지 않고도 집안의 복잡한 문제를 타진해 볼 수 있게 되었다. 그 사건으로 충격을 받으면서 나의 모든 감각이 더욱 예민해진 것 같았다. 삼일 정도 주의 깊게 살펴본 결과 하인들이 나에게 '짓궂은 장난'을 한 것은 아니라는 걸 확인할 수 있었다. 내 주변에 내가 모르는 일은 일어나고 있지 않았다. 그렇다면 타당한 추론은 하나밖에 없었다. 누군가 무례한 행동을 한 것이다. 여러 번 방문을 걸어 잠그고 들어앉아 그 일을 되짚어 보면서 이러한 결론에 이르게 되었다. 그는 외부 침입자였던 것이다. 예의 없는 여행자가 오래된 저택에 호기심이 생겨 들어오게 되었고, 탑 위에 올라가 가장 좋은 전망을 감상하고는 자취도 없이 빠져나간 것이다. 그리고 나를 그렇게 뚫어져라 바라보았던 것은 무분별하고 사려 깊지 못한 그의 인성 탓이었으리라. 아무튼 더 이상 그의 모습이 보이지 않을 것이니 다행이라고 생각했다.

그렇지만 나의 매력적인 직무만큼 중요한 일은 없다는 사실을 스스로 판단하게 된 것이 무엇보다 다행이고 잘된 일이었다. 매력적인 나의 직무란 마일스, 플로라와 하루하루를 잘 지내는 일이었으며, 다른 어떤 일도 나로 하여금 그 힘든 시기에 그토록 온전히 매달리게 할 수는 없었을 것이다. 내 두 제자와의 애정 어린 관계는 지속적인 기쁨의 원천이었으며 내가 처음에 느꼈던 두려움, 내 직무가 단조롭고 침울할 수 있다는 거부감이 부질없었다는 생각을 하게 했다. 단조롭거나 침울한 순간 같은 건 없었으며, 나를 성가시게 괴롭히는 일도 없었다. 그렇게 매일 즐거움을 안겨주는 일이 어떻게 매력적이지 않을 수 있겠는가? 아이들의 방에는 낭만이 가득했고, 공부방에서는 시가 넘쳐났다. 그렇다고 우리가 소설과 시만 공부했다는 뜻은 아니다. 다만 나의 제자들이 끊임없이 나의 정신을 고무시키는 그 상황을 달리 표현할 수가 없었을 뿐이다. 시간이 지나도 아이들과 지내는 일상이 타성에 젖는다거나 하는 일은 없었으며, 매일이 새롭고 신선했다. 그런 경험을 어찌 달리 표현할 수 있겠는가? 그건 나에게 경이로움 그 자체였다. 가정교사 노릇을 해 본 사람이라면 누구든 내 말에 동의할 것이다. 하지만 이러한 일상의 발견이 일어나지 않는 영역이 딱 하나 있었다. 마일스가 학교에서 어떤 행동을 했는가에 대해서는 여전히 두꺼운 베일이 드리워져 있었던 것이다. 하지만 곧 나는 그 일에 대해서 감정적인 소모 없이 초연히 생각할 수 있게 되었다. 어쩌면 마일스 자신이 말 한마디 없이 문제를 해결했다고 말하는 편이 진실에 더 가까울 수도 있다. 마일스를 보면 그에게 씌워진 모든 혐의가 모순처럼 여겨졌다. 그 애를 마주할 때면 그의 장밋빛 순결함을 믿는 쪽으로 저절로 결론이 내려졌다. 마일스는 사악하고 지저분한 학교라는 세계에 적응하기에는 너무 고결하고 아름다웠으며, 그 때문에 혹독한 대가를 치른 것이다. 내가 예리하게 관찰해온 결과 개인의 차별점이나 우월한 자질을 감지한 다수의 집단은 많은 경우 복수심 같은 것을 품게 되는데, 그 다수에는 멍청한 교사들과 천박한 교장도 포함되었던 것이다.

두 아이 모두 온순했다. 그것은 그 아이들의 유일한 결점이기도 했는데 그렇다고 마일스가 바보는 아니었다. 그들의 온순함을 어떻게 표현하면 좋을까? 인간적이지 않을 정도로 순순하고 착해서 실수를 저질렀더라도 웬만해서는 꾸짖거나 벌을 주기가 힘들 것 같다고 말할 수 있을 것 같다. 야단맞을 일이라고는 없는, 성서 이야기에 나오는 아기천사들 같았다! 특히 마일스와 함께 있을 때면 그 아이에게 오롯이 무구한 시간들 외에 다른 역사라고는 없을 것 같은 느낌이 들곤 했다. 어린 아이라고 하면 대개는 미숙하고 서툰 면들이 있게 마련인데, 이 아름다운 아이는 비상하리만치 예민하면서도 내가 만난 어떤 아이보다 명랑하고 즐거운 상태여서 나로 하여금 매일이 새로운 날임을 느끼게 해 주었다. 단 일 초도 괴로워하는걸 보지 못했는데, 나는 그런 점을 그가 학교에서 실제로 어떤 처벌도 받지 않았다는 표증이라고 보았다. 만약 그가 질책을 당했다면 그에게 그런 '흔적'이 남아 있을 것이고, 나는 그것을 탐지할 수 있었을 것이다. 그런데 전혀 그런 기미가 없었다. 그 아이는 천사니까. 마일스는 학교 얘기를 전혀 하지 않았다. 친구들에 대해서도, 선생님들에 대해서도. 그리고 나 역시 그들에 대해서 몹시 못마땅해 하고 있었다. 물론 나는 그 때 마법에 걸려 있는 상태였고, 더 기가 막힌 것은 그 당시에도 그 사실을 스스로 깨닫고 있었다는 사실이다. 그럼에도 나는 그러한 상황에 나를 맡겼다. 아이들과의 일상은 내 고통에 대한 해독제이기도 했는데, 당시 내게는 여러 가지 골치 아픈 일들이 있었다. 고향 집에서는 계속 편지를 보내왔는데 늘 좋지 않은 소식이었다. 하지만 나의 제자들과 함께 있는데 세상의 어떤 일이 내게 중요하겠는가? 틈틈이 혼자 있게 되면 나는 스스로에게 이렇게 속삭이곤 했다. 아이들의 사랑스러움에 푹 빠져버린 것이다.

일요일이 되었다. 아침부터 계속해서 폭우가 쏟아지는 바람에 교회에 갈 수가 없었다. 나는 그로스 부인과 오후에 날이 개면 저녁 예배에 함께 가기로 했다. 다행히 비가 그쳐서 외출 준비를 했다. 교회까지 가려면 20분 정도 공원을 가로질러 마을로 나 있는 아름다운 길을 지나야 한다. 그로스 부인이 기다리고 있는 아래층으로 내려오다가 장갑이 생각났다. 아침에 아이들과 차를 마시면서 세 군데나 꿰맸는데, 그 장갑을 다이닝룸에 놓고 온 것이다. 일요일 아침에는 아이들도 예외적으로 마호가니와 놋쇠 장식이 가득한 어른들을 위한 다이닝룸에서 차를 마실 수 있다. 아이들과 차를 마시면서 장갑을 꿰매는 것이 교육적으로 바람직한 일은 아니었지만, 아무튼 그렇게 손본 장갑을 다이닝룸에 두고 온 것이 생각나서 가지러 갔다. 날이 흐리기는 했지만 오후의 빛이 아직 실내에 남아 있었기 때문에 문지방을 들어서면서 내가 찾는 물건을 볼 수 있었다. 장갑은 넓은 창문 옆에 있는 의자 위에 놓여 있었다. 그리고 장갑을 보는 것과 동시에 창문 너머에서 방 안을 들여다보고 있는 사람도 보았다. 방 안으로 한 걸음 들어서자 너무도 정확하게 한 눈에 보였다. 장갑도, 그 사람도. 방 안을 들여다보고 있는 사람은 내가 전에 만났던 바로 그 사람이었다. 그러니까 그가 또 다시 나타난 것이다. 거리는 더 이상 멀어질 수 없었기도 하지만 한층 가까워졌고, 그와의 만남이 점점 밀접해지는 느낌이 들자, 나는 숨이 멎으면서 온몸의 피가 식는 것 같았다. 그는 똑같은 모습이었는데, 단지 이번에는 창문 위로 드러난 상반신만 보였다. 다이닝룸은 지상 1층에 있었고 바닥은 베란다 바닥과 같은 높이였지만, 그가 서 있는 베란다 바닥에서 창틀까지의 높이가 있었기 때문이다. 그가 유리창에 얼굴을 바짝 대고 있어서 나는 그를 아주 잘 볼 수 있었는데, 그 때문에 지난번에 본 기억이 더욱 또렷해졌다. 잠시 동안이었지만 그도 나를 알아보고 있다는 걸 확인할 수 있었다. 그러자 마치 나도 그를 오랫동안 알아온 것 같은 느낌이 들었다. 그런데 이번에는 전혀 다른 상황이 벌어졌다. 창문을 통해 나를 바라보던 그가 눈길을 돌려 다른 것들을 차례로 뚫어보기 시작한 것이다. 그 순간 그가 나를 보러 온 것이 아님을 알 수 있었다. 그는 다른 누군가를 찾고 있었다.

그런 생각을 하자, 두려움에 싸인 채 그와 마주하고 서 있던 내 안에서 놀라운 변화가 일어났다. 갑자기 의무감과 용기가 솟아나기 시작했던 것이다. 내가 용기라고 말하는 이유는 아무런 의심이나 주저함 없이 그 상황에 빠져들었기 때문이었다. 나는 곧장 밖으로 나가 진입로를 지나 가능한 한 빠른 걸음으로 테라스로 갔다. 모퉁이를 돌아 창문이 보이는 곳에 다다랐지만 그곳에는 이미 아무도 없었다. 그는 이미 사라진 뒤였던 것이다. 순간 긴장이 풀리면서 주저앉을 것 같았지만 잠시 그대로 서서 그가 다시 나타날 것에 대비했다. 잠시라고 했지만, 얼마나 시간이 흘렀을까? 이런 순간에 경험하는 시간의 흐름에 대해서 나는 알지 못한다. 그건 내가 가늠할 수 있는 것이 아니다. 실제로는 내가 느꼈던 것보다 훨씬 짧았을 수도 있다. 테라스와 주변 전체, 잔디와 그 너머의 정원, 그리고 공원까지 내 눈이 닿는 모든 공간에 짙은 공허가 감돌았다. 관목들과 나무들이 많았지만, 그는 어디에도 숨어 있지 않았다. 거기 있었을 수도 있고 없었을 수도 있지만, 내 눈에 보이지 않는 한 그는 없는 거니까. 그런 생각이 들자 나는 본능적으로 창문 가까이 다가갔다. 혼란스러운 상태였지만 나는 왠지 그가 서 있던 자리에 서 보아야 할 것 같았다. 그래서 그렇게 했다. 유리창에 얼굴을 대고, 그가 그랬던 것처럼 방 안을 들여다보았다. 그가 무엇을 보았는지 확인하려는 듯. 마침 그때 그로스 부인이 방으로 들어왔다. 지금도 그때의 상황이 생생하게 눈앞에 펼쳐진다. 내가 조금 전에 방 안에서 그 남자를 보듯, 나를 발견한 그로스 부인은 그 자리에 굳은 듯 멈춰 섰다. 내가 받았던 충격을 그대로 그녀에게 돌려준 셈이 되었다. 그로스 부인의 얼굴이 창백해지는 것을 보면서 나도 그를 마주했을 때 그렇게 창백해졌을까 생각해 보았다. 그로스 부인은 잠시 나를 뚫어져라 바라보더니 내가 그랬듯이 뒤돌아 방을 나갔다. 나는 그녀도 내가 서 있는 곳으로 나올 것이라 예상하면서, 그녀가 나오면 기쁘게 맞아 주리라 생각했다. 그 자리에서 그녀를 기다리는 동안 여러 가지 생각이 머리를 스쳤다. 그 중 하나는 왜 그녀가 그토록 놀랐을까 하는 것이었다.

/
5
/

그로스 부인은 집 모퉁이를 돌아 내가 있는 곳으로 다가오면서 물었다. "도대체 왜 그런 거예요?" 얼굴이 달아오른 그녀는 숨을 헐떡이고 있었다.

나는 그녀가 좀 더 가까이 다가올 때까지 기다렸다가 말했다. "내가 말이에요?" 내 표정이 아주 볼만했을 것이다. "내가 많이 이상해 보여요?"

"종잇장처럼 창백하다고요. 안색이 말이 아니에요."

나는 잠시 생각해 보았다. 아직 아무것도 모르는 그로스 부인에게 이제는 털어놓을 수 있을 것 같았다. 그로스 부인의 상기된 얼굴이 창백해질 것에 대한 걱정은 더 이상 하지 않기로 했다. 내가 잠시 망설인 것은 내가 말하려는 사실 때문이 아니었다. 내가 손을 내밀자 그녀가 잡아주었다. 나는 그녀가 가까이 있음을 느끼고 싶어 그녀의 손을 꼭 잡았다. 수줍은 듯 숨을 헐떡이는 그녀의 모습에서 나를 지지하는 마음이 느껴졌다.

"교회에 가자고 부르러 오신 거겠지만, 저는 갈 수가 없을 것 같네요."

"무슨 일이 있었는데요?"

"부인도 이제 아셔야 할 것 같아요. 제가 참 이상해 보였죠?"

"창문으로 들여다보실 때 말이에요? 섬뜩할 정도였어요!"

"그랬군요." 내가 말했다. "너무 놀라고 무서웠거든요." 그로스 부인은 무서운 이야기를 굳이 듣고 싶지 않은 눈빛으로 나를 보았다. "조금 전에 다이닝룸 창문을 통해 방안을 들여다볼 때 제가 그런 표정을 지었던 것은 너무 황당한 일을 당해서였어요. 제가 본 것의 실체는 그보다 훨씬 더 무서웠지만요."

내 손을 잡은 그로스 부인의 손에 힘이 주어졌다. "뭐였는데요?"

"아주 이상한 사람이 안을 들여다보고 있었어요."

"어떻게 이상한 사람이었는데요?"

"전혀 모르는 사람이었어요."

그로스 부인이 주변을 둘러보며 물었다. "그 사람은 지금 어디로 갔는데요?"

"그것도 모르고요."

"전에도 본 적이 있는 사람인가요?"

"네, 한 번. 구탑 위에 서 있는 걸 본 적이 있어요."

그로스 부인이 나를 더욱 뚫어지게 보면서 물었다. "그러니까 외부인이란 말씀이세요?"

"맞아요. 전혀 모르는 사람이에요!"

"그런데 왜 저한테 말씀하지 않으셨어요?"

"일부러 말하지 않은 건 아니에요. 혹시 짐작되는 사람이 있으시다면……."

이 말에 그로스 부인은 눈을 동그랗게 뜨며 말했다. "아니오. 짐작되는 사람은 없어요!" 그러고는 너무 당연하지 않느냐는 듯 말했다. "선생님이 모르시는데 제가 어떻게 짐작을 하겠어요?"

"저는 전혀 모르는 사람이에요."

"탑 위에서 말고는 본 적이 없으시고요?"

"그 후로는 조금 전에 이 창문에서 본 거죠."

그로스 부인이 다시 한번 주변을 둘러보았다. "탑 위에서는 뭘 하고 있었는데요?"

"가만히 서서 저를 내려다보았어요."

그로스 부인은 잠시 생각을 하더니 물었다. "신사복 차림이었나요?"

나는 생각해볼 여지도 없이 대답했다. "아니오." 그러자 그로스 부인은 더욱 황당해하는 표정으로 나를 바라보았다.

"이곳 사람은 아니고요? 마을에 사는 사람 중 누구 아니었어요?"

"아니었어요. 마을 사람이 아니에요. 말씀드리지는 않았지만, 제가 확인해 보았답니다."

그로스 부인이 희미하게 안도의 숨을 내쉬었다. 이상하게 한결 안심을 하는 것 같았다. 그러더니 곧이어 물었다. "신사가 아니라면⋯⋯."

"어떤 사람 같았느냐고요? 소름끼치게 무서웠어요."

"무서웠다고요?"

"그는 그러니까⋯⋯ 저도 모르겠어요!"

그로스 부인은 다시 한번 사방을 둘러보았다. 그리고 멀리 땅거미 지는 하늘을 바라보다가 갑자기 정신을 차린 듯 나를 돌아보며 말했다. "교회에 가야 할 시간이에요."

"저는 지금 교회에 갈 기분이 아니에요!"

"예배를 보면 기분이 좀 나아지지 않을까요?"

"아이들을 위해서도 좋을 것 같지 않고요!" 내가 집 쪽으로 고개를 갸우뚱해 보이며 말했다.

"아이들이요?"

"지금 아이들을 두고 갈 수 없을 것 같아요."

"두려우신 건가요?"

나는 주저하지 않고 말했다. "그가 무서워요."

그러자 그로스 부인의 커다란 얼굴에 처음으로 뭔가 마음에 걸리는 일이 떠오르는 듯한 표정이 스쳤다. 나는 그 표정에서 나로부터 비롯되지 않은, 아직 나도 모르는 어떤 희미한 생각이 그녀의 뇌리에 스치고 있음을 알 수 있었다. 그리고 그녀가 곧 나에게 그 이야기를 해줄 것이라는 생각이 들었다. 하지만 그 전에 그녀는 뭔가 좀 더 확인하고 싶어 하는 것 같았다. "탑 위에서 그를 본 게 언제쯤인데요?"

"중순쯤이었을 거예요. 오늘과 비슷한 시간이었어요."

"어둑어둑할 때였겠군요." 그로스 부인이 말했다.

"아니오, 어둡진 않았어요. 지금 내가 부인을 보는 것처럼 또 렷이 봤거든요."

"그렇다면 어떻게 들어왔을까요?"

"그리고 어떻게 나갔느냐고요?" 내가 웃으면서 받았다. "물어 볼 기회가 없었네요! 오늘 저녁에는 집안으로 들어온 건 아니 었죠."

"밖에서 들여다보고 있었으니까?"

"그랬기를 바라야죠!" 그로스 부인은 내 손을 놓고 돌아서려 고 했다. 나는 잠시 기다렸다가 말했다. "교회에는 혼자 다녀오 세요. 저는 집에서 지켜봐야 할 것 같아요."

그러자 그로스 부인이 천천히 내게로 시선을 돌리며 물었다. "아이들의 안전을 걱정하시는 건가요?"

우리는 한참 서로를 마주 보았다. "부인은 걱정되지 않으세 요?" 그로스 부인은 내 말에 대답을 하는 대신 창문 쪽으로 다 가가 유리에 얼굴을 대보았다. "그가 무엇을 보았을지 알 수 있 을 거예요." 내가 말했다.

그로스 부인은 움직이지 않았다. "그 사람이 여기 얼마나 오 래 서 있었을까요?"

"내가 방에서 나올 때까지 있었어요. 그를 만나려고 제가 밖 으로 나왔거든요."

그로스 부인은 나를 향해 돌아섰다. 뭔가 더 할 얘기가 남아 있는 표정이었다. "저 같으면 못 나왔을 거예요."

"저도 나오고 싶지는 않았어요!" 내가 다시 웃으며 말했다. "그렇지만 직무에 따르는 책임감이 있으니 나올 수밖에 없었어요."

"저도 의무가 있죠." 그녀는 이렇게 말하고는 물었다. "그가 어떤 모습이었는데요?"

"저도 말씀드리고 싶은데, 제가 아는 그 누구와도 닮지 않았어요."

"누구와도요?" 그로스 부인이 내 말을 메아리처럼 되뇌었다.

"모자를 쓰고 있지 않았어요." 그러자 그로스 부인의 표정이 급격히 어두워졌다. 뭔가 떠오르는 것이 있는 것 같았다. 나는 그녀가 그의 모습을 떠올릴 수 있도록 내가 기억하는 특색들을 말하기 시작했다. "머리가 붉었어요, 아주 붉은색이요. 곱슬머리에 얼굴은 창백하고 길었어요. 이목구비가 뚜렷하고, 머리색만큼이나 붉은 구레나룻을 특이한 모양으로 길렀어요. 눈썹은 짙은 색이었는데 유난히 둥근 곡선을 이루고 있더라고요. 눈썹을 아주 잘 움직일 것처럼 보였어요. 작은 눈에서 쏟아지는 눈빛이 매우 강렬하면서도 기이했고요. 뚫어 보는 듯한 눈빛 말이에요. 입이 크고 입술은 얇았어요. 구레나룻을 말끔히 손질한 듯 보였고요. 뭐랄까 배우처럼 보이는 인상이었어요."

"배우라고요!" 그 순간 그로스 부인의 반응은 어느 배우 못지않았다.

"한 번도 배우를 본 적은 없지만, 배우들이 그런 모습일 것 같아요. 키도 크고, 활력이 있어 보이며 자세도 곧고요." 내가 말을 이었다. "그렇지만 절대로, 절대로, 신사답지는 않았어요."

내 말을 듣는 그로스 부인의 얼굴이 충격에 휩싸인 듯 헬쓱해졌다. 눈을 휘둥그렇게 뜨고 입술을 벌린 채 내 말을 듣고 있던 그녀는 기가 막힌다는 듯 헉하고 숨을 들이마시며 물었다. "신사요? 그가 신사라고요?"

"그를 잘 아신다는 말인가요?" 그로스 부인은 동요하지 않으려고 안간힘을 쓰는 것 같았다. "그가 잘생겼나요?" 나는 그녀가 말을 하기 쉽도록 하기 위해 이렇게 물었다. "아주 잘생겼었지요!"

"옷차림은요?"

"남의 옷을 입고 다녔어요. 잘 입었지만 그의 옷은 아니었죠."

그로스 부인은 숨을 죽이고 신음하듯 속삭였다. "주인님의 옷이었어요!"

내가 그 말에 이어서 물었다. "그를 아세요?" 그녀는 잠시 복잡한 표정을 짓더니 말했다. "퀸트랍니다!"

"퀸트요?"

"피터 퀸트예요. 퀸트는 주인님의 시중을 들었죠!"

"주인님이 여기 있을 때 말인가요?" 그로스 부인은 두서없이 생각나는 대로 털어놓기 시작했다. "그는 절대 모자를 쓰지 않았어요. 그렇지만……. 아, 주인님의 조끼 몇 개가 없어졌어요! 작년에는 있었는데 말이에요. 그러다가 주인님이 가시고 나서 퀸트는 혼자 지내게 되었죠."

나는 여기까지 듣다가 의문을 던졌다. "혼자 지냈다고요?"

"우리와 함께 살았지만, 누구의 간섭도 받지 않고 지냈다는 뜻이에요." 그러더니 목소리를 좀 더 낮추어 말했다. "집안 살림을 맡아 하게 된 거죠."

"그리고 어떻게 됐나요?"

그로스 부인이 너무 오래 머뭇거리는 바람에 내가 조바심이 나서 물었다.

"그도 갔어요." 그로스 부인이 마침내 말했다.

"어디로요?" 그러자 그로스 부인은 아주 묘한 표정을 지었다. "그건 하느님만이 아시겠죠! 죽었으니까."

"죽었다고요?" 나는 거의 비명을 지르듯 되물었다.

그로스 부인은 마음을 가다듬고 차분해지더니 말했다. "네. 퀸트는 죽었어요."

/

6

/

  우리 앞에 벌어진 현실에 그로스 부인과 내가 한 마음으로
대처해 나가게 된 데에는 그 사건 외에도 다른 요인들의 작용
이 있었다. 그것은 바로 그 사건을 감지하는 나의 좀 섬뜩하리
만치 예민한 감각과 나의 그런 감각에 대한 그로스 부인의 이
해였다. 물론 그로스 부인이 나를 이해하는 마음에는 그런 나
의 능력에 대한 약간의 거부감과 두려움, 연민이 섞여 있었다.
그날 저녁 유령을 보고 나서 나는 한 시간 정도 지쳐서 누워
있어야 했기 때문에 우리는 둘 다 예배에 참석하지 못했다. 그
대신 우리끼리 학습실에 들어가 문을 닫고 서로에게 모든 것
을 털어놓으며, 눈물과 맹세, 기도와 약속의 예식을 치렀다. 모
든 것을 털어놓고 나니 상황을 세세하게 되짚어볼 수 있었다.
그로스 부인은 유령의 그림자는커녕 아무것도 보지 못했고, 그
집에서 오로지 가정교사인 나 혼자 그 곤경을 직면하고 있었
다. 하지만 그녀는 나의 정신 건강을 대놓고 비난하거나 의심하

지 않았으며, 내 말을 진실로 받아들여 주었다. 그러고는 경외감을 가진 채로 나를 따뜻하게 대해 주고, 나를 이해한다는 표시를 해 주었다. 그러한 따뜻함은 지금까지 내가 만났던 중에 가장 너그러운 인간의 숨결로 내 마음속에 남아 있다.

그날 밤 우리는 모든 것을 함께 헤쳐 나가기로 다짐했다. 하지만 나는 그녀가 유령을 본 것도 아닌데 그러한 부담을 떠안게 하는 게 옳은 일인지 확신이 서지 않았다. 그때도 그 후에도 나는 제자들을 보호하기 위해서라면 어떤 상황이라도 직면할 수 있다고 생각했지만, 나의 정직하고 충실한 동지가 나와의 약속을 지키기 위해 어떠한 마음의 준비를 했는지 확인하는 데는 조금 더 시간이 걸렸다. 그녀에게는 나 역시 내가 만난 기이한 방문자만큼이나 기이한 동지였을지 모른다. 하지만 우리가 함께 겪은 일들을 되돌아볼 때, 우리는 하나의 생각을 뒷받침하는 공통된 근거들을 가지고 있었음을 알 수 있다. 그 하나의 생각은 나로 하여금 두려움의 방에서 빠져나오게 했다. 마침내 나는 뜰에 나가 바깥 공기를 마셨고, 그로스 부인도 나왔다. 그날 밤 각자 잠자리에 들기 전에 내 안에 힘이 솟구치던 것을 기억한다. 우리는 내가 보았던 유령의 특색과 상황을 세세하게 되짚어 보았다.

"그가 선생님 말고 다른 누군가를 찾고 있었다고 했죠?"

"마일스를 찾고 있었던 것 같아요." 이제 그 사실을 아주 분명하게 말할 수 있었다. "그가 찾고 있었던 사람은 마일스였어요."

"그걸 어떻게 아시는데요?"

"알아요, 알죠. 알 수 있었다고요!" 나도 모르게 언성이 높아졌다. "사실은 부인도 알고 계시잖아요!"

그녀는 부정하지 않았다. 하지만 내가 그렇게까지 심하게 다그칠 필요는 없었던 것 같다. 잠시 후 그로스 부인이 말했다. "그가 마일스를 꼭 보려고 한다면 어쩌죠?"

"마일스를 말이에요? 그게 바로 그가 원하는 거죠!"

그러자 그로스 부인이 겁에 질린 얼굴을 하고 말했다. "그 애를 원한다고요?"

"절대로 안 되죠! 그는 아이들 앞에 나타나려는 거예요." 그건 생각만 해도 끔찍한 일이지만, 어느 덧 나는 그런 일이 일어나는 것을 막을 수 있을 것 같았으며, 실제로 그로스 부인과 그 자리에 머무는 동안 성공적으로 그 일을 하고 있는 셈이었다. 앞으로도 분명히 그와 다시 맞닥뜨리게 될 것이라는 생각이 들었다. 그러면서 동시에 내가 온전히 혼자서 용감하게 그 상황을 감당하고, 수용하며, 그를 내게로 유인하여 물리침으로써 나는 속죄의 양이 되고, 그 대신 내 곁에 있는 사람들은 평온함 속에 안주할 수 있게 해야 한다는 생각이 들었다. 특히 아이들은 절대적으로 안전하게 보호해야 한다. 그날 내가 마지막으로 그로스 부인에게 했던 말들 중에 하나가 떠오른다.

"그러고 보니 아이들이 제게 전혀…"

내가 이렇게 말하다 잠시 생각에 잠기자 그로스 부인이 나를 바라보며 말했다. "퀸트가 여기 살았다는 이야기나 그와 함께 보낸 시간에 대해서 말하지 않았다고요?"

"그와 함께 지냈던 시간이라든가 그의 이름, 그가 어땠는지, 또는 어떤 삶을 살았던 사람이었는지 같은 것들에 대해서 전혀 말해준 적이 없어요."

"아, 꼬마 아가씨는 기억을 못 하죠. 플로라는 그에 대해 듣지도 보지도 못했거든요."

"그의 죽음에 대해서도요?" 나는 깊은 생각에 잠긴 채 물었다. "플로라는 모를 수도 있죠. 하지만 마일스는 기억할 거예요. 마일스는 알 거라고요."

"오, 마일스 도련님에게는 아무 말 마세요!" 그로스 부인이 다급하게 말했다.

나는 그녀가 나를 바라보던 바로 그 눈빛으로 그녀를 보며 말했다. "걱정하지 마세요." 그러고는 계속 생각에 잠긴 채 말했다. "참 이상한 일이에요."

"퀸트에 대해 전혀 말하지 않은 것이 말인가요?"

"전혀 비치지도 않았잖아요. 마일스가 퀸트와 '아주 친했다'고 하셨죠?"

"아, 마일스는 친하지 않았어요!" 그로스 부인이 힘을 주어 말했다. "그건 퀸트 혼자 생각이었죠. 마일스에게 장난을 치고 싶어 했어요. 제 말씀은 그러니까, 마일스에게 나쁜 물을 들이려고 했다는 거예요." 그로스 부인이 잠시 머뭇거리다가 말을 이었다. "그는, 한마디로 너무 제멋대로인 사람이었어요."

그 말에 내가 보았던 그의 얼굴이 떠올랐다. 그 기이한 얼굴!

갑자기 혐오감이 솟구쳤다. "마일스와 함께 있을 때 부적절한 행동을 했다는 말인가요?"

"모든 사람과 격이 없었죠!"

나는 그녀의 표현을 이 집에 살고 있는 사람들, 우리의 작은 집단을 구성하고 있는 여섯 명의 남녀 하인들에게 적용해 보았다. 내가 알아본 바에 의하면 걱정했던 것과 달리 불편한 전설이나 하인들의 불미스러운 행동 같은 것은 없었다. 오랜 역사를 가진 이 집에 어떠한 악명이나 오명도 전해 내려오지 않았던 것이다. 그로스 부인은 말없이 몸을 떨면서 내게 매달리고 싶은 눈치였다. 나는 내키지는 않았지만 그녀의 마음을 슬쩍 떠보았다. 자정쯤 되어 그녀가 방에서 나가려고 문고리를 잡았을 때였다. "너무 중요한 문제라서 그러는데, 그러니까 부인 말씀은 퀸트라는 사람이 질이 좋지 않았던 건 모두가 알고 있는 사실이었단 말씀이시죠?"

"아니, 모두라고 할 수는 없었어요. 저는 알고 있었지만 주인님은 모르셨으니까."

"그런데 부인은 그걸 주인님에게 고하지 않으셨단 말씀이세요?"

"주인님은 고자질하는 걸 좋아하지 않으셨어요. 불평불만은 질색이셨거든요. 그런 일에는 참지를 못하셨어요. 하지만 누구든 자기 마음에 들게만 하면….."

"그가 어떤 사람이든 신경 쓰지 않으셨다는 말씀인가요?" 그러고 보니 내가 그에게서 받은 첫인상 그대로였다. 골치 아픈 일은 되도록 피하고 싶어 할 뿐 아니라, 곁에 있는 사람이 어떤 사람이든 전혀 관심이 없는 사람. 나는 다시 한번 그로스 부인을 압박했다. "저였으면 분명히 보고했을 거예요!"

그로스 부인은 나의 질책 섞인 말을 알아들은 것 같았다. "제가 잘못했던 건 인정합니다. 그렇지만 두려웠어요."

"뭐가요?"

"그가 무슨 짓을 할지에 대해서요. 퀸트는 아주 영리하고, 음흉했거든요."

나는 무심히 듣는 척 하면서 이 말을 되새겨 보았다. "다른 건 두렵지 않았고요? 그의 영향력 같은 거라든지?"

"영향력이요?" 그로스 부인이 비통한 음성으로 되묻고는 내가 머뭇거리는 동안 기다렸다.

"순진한 어린아이들에 미칠 수 있는 악영향 같은 거 말이에요. 부인이 아이들을 맡고 있었을 테니까."

"아니에요. 제가 맡고 있지 않았습니다!" 그로스 부인이 목소리를 높이며 대꾸했다. "주인님은 그를 믿으셨어요. 그래서 그를 여기 있게 하신 거예요. 건강이 좋지 않았는데 이곳 시골 공기가 그에게 도움이 될 거라면서 말이죠. 그러다 보니 퀸트는 집안의 모든 일에 관여를 했어요. 아이들에 관해서까지 말이죠."

"아이들의 문제까지, 그 자가요?" 나는 거의 울부짖듯 외쳤다. "그걸 부인은 참고 있었단 말이군요!"

"아니오. 참을 수 없었어요. 지금 생각해도 도저히 용납할 수 없답니다!" 그러더니 가여운 그로스 부인은 눈물을 흘리며 울기 시작했다.

앞에서도 말했지만, 다음 날부터 나는 아이들을 철저하게 통제했다. 그러면서 일주일 정도는 틈틈이 그로스 부인과 그 일에 대해 의논했다. 일요일 밤에 많은 이야기를 나누기는 했지만, 그 후로 몇 시간 동안 나는 비몽사몽간에 그로스 부인이 내게 말하지 않은 어떤 것의 그림자에서 헤어 나올 수가 없었다.

나는 남김없이 털어놓았는데, 그로스 부인은 남겨 놓은 얘기가 있었다. 다음 날 아침이 밝았을 즈음에는 그녀가 그럴 수밖에 없었던 이유가 솔직하지 못해서라기보다는 사방이 두려웠기 때문이라는 사실을 알 수 있었다. 지금 돌이켜 생각해 보면 다음 날 해가 뜰 때쯤에 나는 불안한 마음으로 우리 앞에 놓인 사실들에 근거해서 앞으로 일어날 모든 잔혹한 사건들의 의미를 읽어내고 있었다. 그렇게 해서 끌어낸 결론은, 죽어 유령이 된 후의 이야기는 일단 접어 두고, 그 자가 살아 있는 동안의 사악한 모습과 그가 블라이에서 몹쓸 짓을 하면서 보냈던 수 개월의 시간들을 통합하면 엄청난 인과 관계가 성립할 수 있다는 사실이었다. 그 사악한 시간의 종말은 어느 겨울 아침 동틀 무렵에 찾아왔다. 아침 일찍 일터로 향하던 한 노동자에 의해 돌처럼 굳어 있는 피터 퀸트의 시신이 발견된 것이다. 마을에서 들어오는 길 위에 죽어 있었는데 머리에 난 상처로 대강 추정해 보건대 어두워진 후에 술집에서 나와 길을 잘못 든 퀸트가 얼음 덮인 비탈길을 오르다가 사정없이 미끄러지는 바람에 언덕 아래로 구른 것으로 결론지어졌다. 조사와 끝없이 떠도는 뒷담화를 통해 얻어진 결론은 빙판 언덕과 밤중에 술에 취해 길을 잘못 든 것이 주된 사인이었지만, 그의 삶 속에는 기이한 행로와 밝혀지지 않은 정신적 문제들, 사악함의 흔적들이 보기보다 많이 남아있었으며, 그것이 그를 죽음으로 이끈 보다 중대한 이유였을 수도 있다고 여겨졌다.

어떻게 설명해야 당시 내 마음을 보여줄 수 있을지 모르겠지만, 그 즈음에 나는 우리 앞에 벌어진 상황 속에서 내가 필연적으로 짊어지게 되었던 영웅심이 주는 쾌감에 젖어 있었던 것 같다. 지금 돌아보면 당시 나는 고귀하고도 몹시 어려운 임무를 맡고 있었으며, 다른 전임자들이 실패한 그 임무를 성공적으로 완수하는 모습을 보여준다는 것은 가슴을 뛰게 하는 일이었다. 물론 내가 보여주고 싶은 상대에게 보여주어야 의미가 있는 거였겠지만! 지금 생각해 보면 내가 나의 임무를 그렇게 단순 명료하면서도 전격적으로 받아들인 것은 참 다행이었다. 솔직히 고백하건대, 지금 생각해도 스스로에게 박수를 쳐주고 싶은 심정이다! 나는 부모를 잃은 사랑스러운 아이들을 보호하고 옹호하기 위해서 거기에 갔던 것이며, 그 아이들의 무력함이 내 가슴에 너무도 선명하고, 깊고, 지속적인 고통을 안겨주었던 것이다. 우리는 함께 고립되어 있었고, 위험에 직면한 채하나로 뭉쳐 있었다. 아이들에게는 나밖에 없었고, 나에게도 그 아이들밖에 없었다. 한마디로 그건 아주 기막힌 기회였다.

나는 그 상황을 구체적인 이미지로 시각화해서 볼 수 있었다. 말하자면 나는 일종의 보호막처럼 그 애들 앞에 서 있었던 것이다. 내가 많이 직면할수록 그 애들은 충격적인 경험을 덜 하게 될 것이었다. 나는 숨죽인 긴장감과 감추어진 흥분 속에 아이들을 지켜보기 시작했고, 그 시간이 너무 길어지다 보니 나중에는 광기로 변했던 것 같다. 지금 돌아보면 그러한 광기로부터 나를 구한 것은 상황의 변화였다. 긴장감을 깨트릴 소름 끼치는 증거들이 나타났던 것이다. 그렇다, 증거. 그때부터 나는 본격적으로 대처하기 시작했다.

첫 번째 증거는 내가 플로라만 데리고 정원에 있을 때 나타났다. 마일스는 집 안에 있었다. 창가에 깔아 놓은 붉은 색 방석 위에서 책을 읽고 있었다. 마일스의 유일한 단점이라면 진득함이 부족한 것이었는데, 그날따라 읽던 책을 마저 읽겠다고 했기 때문에 나는 기꺼이 칭찬까지 해가며 그를 안에 있게 했다. 그리고 밖에 나오고 싶어 하는 플로라를 데리고 나와 30분쯤 산책을 했다. 해가 중천에 떠 있는 데다가 날이 더웠기 때문에 우리는 되도록 그늘을 찾아 걸었다. 그러면서 새삼 느꼈던 것은 마일스가 그러듯이 플로라도 나를 따돌리는 것처럼 느껴지게 하지 않으면서도 혼자 있게 해주고, 방해한다는 느낌을 주지 않으면서도 곁을 떠나지 않는다는 사실이었다. 그건 두 아이 모두가 가지고 있는 매력이었다. 나를 귀찮게 하지 않으면서, 동시에 내게 무심하지 않은 것. 나는 주로 아이들이 나 없이 스스로 즐겁게 노는 것을 지켜보는 편이었다. 아이들은 열심히 자기들의 시간을 즐겼고, 나는 그들의 적극적인 찬미자가 되어갔다. 주로 내가 아이들이 창조해 놓은 세계 속으로 들어가 거닐었으며 아이들이 나의 세계를 필요로 하는 일은 좀처럼 없었다. 그러므로 나는 그때그때 아이들의 놀이에서 필요한 존재나 사물이 되어주기만 하면 되었는데 그 역할은 다행스럽게도 선생이라는 나의 지위와 분위기 덕분에 주로 유복하고 명망 있는 인물인 경우가 많았다. 그날 플로라의 놀이에 동참하는 동안 내가 어떤 역할을 맡고 있었는지는 기억이 나지 않는다. 기억하는 것은 내가 아주 중요하고 조용한 역할을 수행하는 중이었으며 플로라는 놀이에 열중하고 있었다는 사실뿐이다. 우리는 호숫가에 있었는데 그 즈음 지리학 공부를 시작했던 우리는 그 호수를 아조프해라고 불렀다.

그러던 중에 문득, 아조프해 건너편에서 누군가 우리를 지켜보고 있는 듯한 느낌이 들었다.

그 상황을 내가 감지하는 과정은 정말 신기했는데, 그보다 더 신기했던 것은 나의 인지가 그 낯선 대상의 실체에 집중되었다는 사실이었다. 플로라의 놀이 속에서 내가 맡은 역할이 앉아 있을 수 있는 것이어서 나는 뜨개질거리를 들고 호수를 향해 놓인 낡은 석조벤치에 앉아 있었다. 그 자세에서 나는 상대를 직접 보지 않으면서 멀리 떨어진 낯선 사람의 존재를 분명하게 인식할 수 있었다. 늙은 나무들과 무성한 관목 숲이 짙고 시원한 그늘을 드리우기는 했지만 여전히 밝고 뜨거운 햇볕이 내리쬐고 있을 때였다. 모든 것이 선명했고, 모호한 구석이라고는 없었다. 내가 눈을 들면 호수 건너 정면에 무엇을 보게 될 지에 대해 분명하게 인지하고 있었던 것이다. 나는 일단 내가 하고 있던 바느질에 시선을 고정시킨 채 어떻게 해야 할지 판단이 설 때까지 움직이지 않으려고 노력했는데, 그때의 느낌은 지금도 생생하다. 호수 건너 정면에 낯선 누군가가 서 있었고, 그가 거기에 왜 있어야 하는지에 대해 강한 의구심이 일었다. 나는 메신저나 우편배달부, 마을 상점의 심부름꾼이 들어왔을 수도 있다는 사실을 스스로에게 상기시키면서 그 낯선 사람의 신원을 추정해 보았다. 하지만 그런 가정들은 나의 확신에 아무런 영향을 미치지 못했다. 아직 눈을 들어 상대를 보지는 않았지만, 나는 낯선 방문자가 풍겨오는 분위기를 분명하게 인지할 수 있었기 때문이다. 그것은 우리 집에 드나드는 사람들의 모습과 전혀 달랐다.

결정적인 순간에 내 안에서 작은 용기가 솟아나면서 그 사람의 정체를 확인해야 한다는 생각이 들었다. 그때까지는 나에게서 10야드 정도 거리에 있는 어린 플로라에게서 시선을 떼지 않았다. 플로라도 그것을 볼지 모른다는 생각을 하는 순간 심장이 멎는 것 같았다. 나는 숨을 죽이고 플로라가 비명을 지르던가, 관심 또는 경계심을 표시하는 소리를 내는지 살폈다. 하지만 그녀는 아무런 반응도 하지 않았다. 그러다가 놀이를 하면서 연신 흥얼거리던 플로라가 일 분 정도 전부터 조용해졌다는 사실이 머리를 스쳤다. 나는 이 사실이 그 무엇보다 오싹하게 무서웠다. 그러더니 플로라가 호수 쪽으로 등을 돌리고 앉는 것이었다. 플로라의 그러한 행동을 지켜보면서 나는 우리가 함께 이 무서운 상황을 감지하고 있음을 확신할 수 있었다. 플로라는 가운데 구멍이 뚫려 있는 작은 나무 조각을 집어 들었다. 그 구멍에 다른 조각을 끼워서 돛단배를 만들려는 것 같았다. 나는 플로라가 두 번째 조각을 구멍에 단단히 끼워 넣으려 애를 쓰는 모습을 지켜보았다. 그녀의 그런 모습이 나에게 힘을 주는 것 같았다. 잠시 후 나는 용기를 내어 고개를 들고 내가 마주해야 할 것을 똑바로 바라보았다.

/
7
/

나는 곧장 그로스 부인을 찾았다. 호숫가를 떠나 그로스 부인에게 가기까지 내가 어떻게 마음을 추슬렀는지는 생각이 나지 않는다. 다만 그로스 부인의 품에 뛰어들 듯 안기면서 터져 나오는 울음소리는 지금도 생생하다. "아이들도 알고 있어요. 너무 가혹해요. 아이들이 알고 있다고요, 알고 있어요!"

"도대체 무슨……?" 그로스 부인이 나를 안고 다독이면서 영문을 모르겠다는 듯 물었다.

"우리가 알고 있는 것들 말이에요. 그 외에도 아이들이 또 뭘 알고 있는지 모르죠!" 그로스 부인이 나를 안았던 팔을 내리자 나는 정신을 가다듬고 설명을 했다. "두 시간 전에 정원에서 말이에요." 하지만 말이 제대로 나오지 않았다. "플로라가 봤다고요!"

그로스 부인은 마치 배를 한 대 세게 얻어맞은 듯 숨을 헉하고 들이마셨다. "플로라가 그렇게 말했어요?"

"플로라는 한 마디도 하지 않았어요. 겁에 질린 거죠. 혼자서 삭인 거예요! 여덟 살 밖에 안 된 아이가 말이에요!" 그걸 보면서 느꼈던 정신이 아득해지는 공포감은 지금도 차마 말로 할 수가 없다.

그로스 부인의 입이 더 크게 벌어졌다. "그런데 그걸 어떻게 아셨어요?"

"거기 있었으니까요. 제 눈으로 봤거든요. 플로라는 분명히 알고 있었어요."

"플로라가 그 자를 알아봤다는 말씀이세요?"

"아니오. 이번에는 여자였어요." 이 말에 놀라는 그로스 부인의 표정을 보면서 내가 본 것이 엄청난 것이었음을 알 수 있었다. "이번에는 다른 사람이었어요. 그렇지만 무섭고 사악한 것임에는 틀림없어요. 호수 건너편에 검은 옷을 입고 서 있었는데 얼굴은 창백하고 섬뜩했어요. 그녀가 내뿜는 분위기도 그랬고요! 호숫가에서 플로라와 놀고 있었는데 나타난 거예요."

"나타나다니, 어디서 왔는데요?"

"어디서 왔느냐고요! 어느 순간 나타나서 거기 서 있었어요. 가까운 거리는 아니었지만."

"더 가까이 다가오지는 않았나요?"

"네. 그렇지만 존재감이나 분위기로 따지자면 상당히 가까이 있는 것처럼 느껴졌죠!"

그로스 부인이 심상치 않은 표정을 지으며 한 발 뒤로 물러섰다. "한 번도 본 적이 없는 여자였단 말이죠?"

"네. 하지만 플로라는 본 적이 있는 것 같았어요. 당신도 본 적이 있을 거고요." 그러고 나서 나는 내가 생각하고 있는 것을 말해버렸다. "저의 전임자였던 것 같아요. 죽었다는."

"미스 제셀 말인가요?"

"미스 제셀 맞아요. 저를 못 믿으시나요?" 내가 물었다.

그로스 부인은 어쩔 줄 몰라 하며 서성였다. "어떻게 그녀였다고 확신하시는 거죠?"

그 말에 나는 신경이 날카로워지면서 짜증이 나는 것 같았다. "못 믿겠으면 플로라에게 물어보세요. 분명히 보았을 테니까!" 하지만 곧 다시 말했다. "아니에요. 그건 안 돼요. 절대로 그러지 마세요! 플로라는 못 봤다고 할 거예요. 거짓말을 할 거라고요!"

그로스 부인은 나의 추측이 너무 황당하다는 듯 물었다. "아니, 어떻게 그럴 거라고 확신하시죠?"

"그럴 것이 분명하니까요. 플로라는 내가 아는 걸 원치 않아요."

"만약 그렇다면, 그건 선생님을 걱정시키지 않으려고 그러는 것이겠죠."

"아니, 아니에요. 그보다 더 깊은 뭔가가 있어요! 그것에 대해 골똘히 생각할수록 점점 더 많은 것이 보여요. 그리고 그만큼 두려운 마음도 커지고요. 안 보이는 게 뭐고, 두렵지 않은 게 뭔지 모를 정도예요!"

그로스 부인은 내 말을 이해하려고 애쓰는 것 같았다. "그녀를 다시 보게 될까 봐 두렵다는 말씀이세요?"

"아니요. 그건 전혀 두렵지 않아요. 적어도 이제는!" 내가 말을 이었다. "오히려 그녀를 보지 못할까 봐 두려운 거죠."

그러자 그로스 부인이 맥이 완전히 빠진 음성으로 말했다. "무슨 말씀이신지 모르겠네요."

"내가 보지 못하면 아이가 혼자서 유령을 상대해야 하니까요. 플로라는 분명히 그렇게 할 거예요. 나에게는 말하지 않고 말이죠."

그런 상황을 떠올리는 것만으로도 아찔한지 그로스 부인이 잠깐 주저앉을 듯 비틀거렸다. 그러다가 곧 정신을 차린 듯 자세를 가다듬었다. 우리가 한 발 뒤로 물러서면 정말로 그런 상황을 허용하게 될 수도 있다는 생각을 한 것 같았다. "오, 선생님, 정신을 바짝 차려야 해요! 아무튼 플로라가 태연할 수 있었다면…!" 그로스 부인은 심지어 음침한 농담까지 하는 것이었다. "아마도 그 상황이 좋았던 것인지도 모르죠!"

"그런 걸 즐긴다고요. 그 어린애가!"

"그건 플로라가 정말로 순진무구하다는 증거가 아닐까요?" 그로스 부인이 목소리에 힘을 주어 물었다.

그 순간 나는 정신이 번쩍 들었다. "아, 그 점을 생각해 봐야겠네요. 그 점을 좀 더 생각해 볼 필요가 있어요! 만약에 그것이 부인이 말하는 순수함의 증거가 아니라면, 그건 아마도… 아, 정말 모를 일이네요! 그 여자는 너무도 섬뜩하고 무서운 모습이었거든요."

그러자 그로스 부인은 잠시 시선을 아래로 떨구었다 들면서 말했다. "선생님이 어떻게 알았는지 말해주세요."

"그럼 부인은 그게 그 여자였다는 걸 인정하시는 건가요?" 내가 외치듯 물었다.

"선생님이 아시는 걸 말해주세요." 그로스 부인이 다시 한번 말했다.

"알죠! 보았으니까! 그녀의 모습을 보고 알 수 있었어요."

"그러니까 그녀가 선생님을…… 사악한 눈길로 말인가요?"

"아니오. 그랬다면 차라리 나았을 거예요. 나한테는 눈길도 주지 않았어요. 오로지 플로라만 뚫어지게 바라보았다니까요."

그로스 부인이 내 말뜻을 이해하려는 듯한 표정으로 물었다. "뚫어지게 바라봤다고요? 플로라를?"

"아, 그 소름 끼치는 눈빛!"

그로스 부인은 마치 유령의 눈빛을 흉내 내기라도 하려는 듯 물었다. "혐오의 눈빛이었나요?"

"오, 맙소사. 아니었어요. 그보다 훨씬 더 섬뜩했어요."

"혐오보다 더 섬뜩했다고요?" 그로스 부인은 도무지 모르겠다는 얼굴이었다.

"형언할 수는 없지만 뭔가 확고한 집념 같았어요. 악의적인 집념 말이에요."

그로스 부인의 얼굴에 핏기가 가셨다. "집념이라고요?"

"플로라의 영혼을 차지하려는 것 같았어요." 그로스 부인은 나와 눈을 마주친 채 몸을 떨더니 창가로 걸어갔다. 그녀가 창밖을 내다보는 동안 내가 말을 이었다. "바로 그걸 플로라가 알고 있다는 거죠."

잠시 후 그로스 부인이 나를 향해 돌아서며 물었다. "그녀가 검은 옷을 입고 있었다고 하셨죠?"

"상복 같았어요. 허름하고 초라한. 그렇지만 그녀는 빼어나게 아름다웠어요." 마침내 확신에 찬 나의 한 마디 한 마디가 그로스 부인에게 어떤 영향을 미치고 있는지 눈으로 확인할 수 있었다. 그녀는 내 말에 진심으로 귀를 기울이고 있었던 것이다. "아, 정말, 정말 아름다웠어요." 내가 말했다. "아주 잘생겼고요. 하지만 정숙해 보이지는 않았어요."

그로스 부인이 천천히 내게 다가오며 말했다. "미스 제셀이 정숙하지는 않았죠." 그러더니 두 손으로 내 손을 잡고 자기가 하려는 말에 내가 충격을 받지 않도록 해주려는 듯 두 손에 힘을 주었다. "두 사람 다 행실이 좋지 않았어요." 그로스 부인이 잠시 머뭇거리다가 말했다.

그리고 나서 우리는 잠시 함께 그 사실을 직시하는 시간을 가졌다. 그것이 나의 사고에 도움이 되었던 것 같다. "지금까지 신의를 지키기 위해 그들의 일에 침묵을 지켜주신 그 마음은 제가 높이 사겠습니다." 내가 말했다. "그렇지만 이제 전후의 이야기를 모두 들려주셔야 할 때가 된 것 같아요." 그로스 부인은 내 말에 동의하는 것 같았지만 아무 말도 하지 않고 내가 말을 이어가도록 듣고만 있었다. "이제 저도 알아야 해요. 미스 제셀은 왜 죽었나요? 두 사람 사이에 무슨 일이 있었던 게 분명한 것 같은데."

"갈 데까지 다 간 사이였죠."

"나이 차이가 그렇게 나는데 말인가요?"

"신분의 차이도 있었고, 모든 여건이 달랐죠." 그로스 부인이
쓸쓸한 어조로 말했다. "미스 제셀은 엄연히 교양을 갖춘 아가
씨였어요."

나는 호숫가에서 보았던 그녀의 모습을 떠올려보았다. "맞아
요. 교양 있는 아가씨였어요."

"그리고 퀸트는 그보다 한참 아래 신분이었죠." 그로스 부인
이 말했다.

나는 그로스 부인 앞에서 하인의 위치를 지나치게 강조할 필
요는 없다고 생각했지만, 내 전임자의 비행에 대한 그로스 부
인의 평가를 부정할 이유는 없었다. 이런 경우 처세하는 방법
은 하나뿐이었으므로 나는 그 방법을 택했다. 영리하고 잘생긴
내 고용주의 죽은 '하인'에 대해 더 많은 것을 알아내는 것이었
다. 결국 그는 건방지고, 뻔뻔하고, 버릇없고, 타락한 사람이었
다. "그 자는 개였군요."

그로스 부인은 내 표현이 좀 지나치다고 생각하는 것 같았다.
"그런 사람은 처음 봤어요. 자기 하고 싶은 대로 했으니까요."

"그녀와 말인가요?"

"모든 사람들과 그랬어요."

마치 제셀이 다시 그로스 부인 앞에 나타난 것 같았다. 그녀
의 두 눈이 내가 호숫가에서 보았던 것만큼이나 선명하게 제셀

의 모습을 향한 듯 긴장하는 것을 보았다. 그 순간 내가 단정적인 어조로 말했다. "제셀이 원했던 것일 수도 있어요!"

그로스 부인은 그 말이 사실이라는 듯한 표정을 지으면서 말했다.

"가여운 여자. 그 대가를 톡톡히 치른 거죠!"

"그럼 제셀이 왜 죽었는지 알고 계신가요?" 내가 물었다.

"아니오. 저는 몰라요. 알고 싶지도 않고요. 몰라서 다행이라고 생각했거든요. 그녀가 여길 떠나서 얼마나 다행스러웠는지 몰라요!"

"그렇지만 짐작은 하고 계셨겠지요."

"그녀가 여길 떠난 이유 말인가요? 아, 그럼요. 거기까지는 알지요. 여기 더 있을 수가 없었어요. 가정교사라는 사람이 그런 상태로 여기 계속 있었다고 상상해 보세요! 그녀가 떠난 후로도 종종 그런 상상을 했었어요. 지금도 가끔 생각하고요. 그럴 때면 너무 끔찍해요."

"제가 상상하는 것보다 더 끔찍하지는 않을 거예요." 내가 대꾸했다. 나는 내가 상상하는 것을 그녀에게 보여주고 싶었다. 나의 비참한 패배를 너무 생생하게 상상하고 있었던 것이다. 그러자 그로스 부인은 또다시 나에 대한 연민이 일어나는 것 같았다. 그녀의 새삼스러운 다정함에 나는 버틸 수 있는 힘을 잃고 무너져버렸다. 그리고 지난번에 그로스 부인이 울음을 터트렸듯, 이번에는 내가 울음을 터트렸다. 그로스 부인은 엄마 같은 품으로 나를 안아주었고, 나는 슬픔이 북받쳐 울면서 외쳤다. "나는 임무를 완수하지 못했어요!" 나는 절망감에 젖어 훌쩍였다. "아이들을 보호하지도, 막아주지도 못하고 있잖아요! 이렇게 될 줄은 상상도 하지 못했어요. 아이들을 지켜주지 못했어요!"

/

8

/

내가 그로스 부인에게 한 말은 진심이었다. 하지만 그녀에게 이야기할 때 설명이 부족했던 부분이 있었을 것 같았다. 그럼에도 불구하고 남은 의문점들을 풀기 위해 그녀와 다시 만났을 때 우리는 이 엄청난 사건에 맞서는 데 있어 우리가 한 마음이라는 것을 확인할 수 있었다. 우리는 무엇보다 정신을 맑게 하고 냉철하게 유지해야 한다는 데 동의했다. 그러나 우리에게 일어난 일들이 의심의 여지가 없는 사실임을 생각할 때 냉정을 유지한다는 건 어려운 일이었다. 그날 밤 늦게, 모두가 잠든 후에 우리는 내 방에서 또 한 번 모였다. 이때는 그로스 부인도 내가 본 것이 의심의 여지가 없이 사실인지 끝까지 확인하고 싶어 했다. 나는 그녀에게 한 가지 질문을 던짐으로써 그 사실을 확인해 줄 수 있었다. 만일 내가 유령을 보았다고 '꾸며대는 거라면' 어떻게 내가 본 자들의 모습과 특징들을 그렇게 상세하게 묘사할 수 있었겠는가? 내 설명을 듣고 그로스 부인은 곧바로 그게 누구인지, 이름까지 알아맞히지 않았는가. 그로스 부인은 당연히 모든 사실을 덮어두고 싶어 했다. 왜 안 그랬겠는가! 나는 얼른 그녀에게 내가 바라는 것도 어떻게 해서든 유령의 영향권에서 벗어나는 것이라는 점을 강조했다. 그리고 유령을 다시 만난다는 전제 하에 이야기했다. 우리는 당연히 그럴 것이라고 생각하고 있었던 것이다. 그렇다고 해도 나는 유령과 맞닥뜨리는 상황에 점점 익숙해질 것이며, 결국은 전혀 개의치 않을 정도가 될 것이라는 점을 그녀에게 강조했다. 내가 참을 수 없는 것은 그로 인해 새로운 의구심이 생기는 거였는데, 그렇게 복잡한 상황 속에서도 늦은 밤 그녀와 함께 한 시간이 내게 조금은 위안이 되었다.

처음으로 울음을 터트린 그날, 나는 그로스 부인과 헤어져 나의 제자들에게 갔다. 언짢은 마음을 달랠 수 있는 가장 좋은 치유제는 바로 아이들과 함께 있는 시간이기 때문이었다. 아이들의 매력적인 소양은 여전히 내가 가꾸어줄 수 있는 영역이었으며, 그 부분에 있어서 나는 아직 실패하지 않았다. 나는 지친 마음으로 플로라의 특별한 세계에 뛰어들었고 그녀는 사려 깊은 작은 손을 나의 아픈 곳에 살며시 올려놓았다. 그런 호사로운 경험을 언제 또 해 볼 수 있을까! 플로라는 다정한 눈빛으로 나를 찬찬히 살피더니 '울었어요.'라고 했다. 두 손으로 열심히 얼굴을 문질러 눈물 자국을 없앴다고 생각했는데 그렇지 못했던가 보다. 아무튼 그 불가해한 자애로움에 안겨 있으려니 눈물 자국이 완전히 사라지지 않았다는 사실이 기쁘기까지 했다. 아이의 푸른 눈을 들여다보고 그 사랑스러움을 미숙한 교활함으로 천명하는 것은 너무 냉소적인 것 같아 마음이 편치 않았고, 그러느니 나는 자연스럽게 나의 판단을 유보하고 가능한 한 불안감도 제쳐두기로 했다. 하지만 그렇게 하고 싶다고 해서 유보할 수 있는 것은 아니었고, 이미 여러 번 밤늦은 시간에 그로스 부인에게 했던 것처럼 결국은 또다시 그녀에게 털어놓았던 것이다. 나는 그로스 부인에게 아이들의 음성이 전과 달리 들떠 있으며, 그것이 내 가슴을 압박한다고 말했다. 하지만 아이들이 향기로운 얼굴이 내 뺨에 닿을 때면 나는 아이들의 무고함과 아름다움 외에는 다른 아무것도 생각할 수 없다는 사실도 털어놓았다. 하지만 이 문제를 완전하게 해결하기 위해서 오후에 호숫가에서 내가 침착함을 유지하기 위해 안간힘을 써야 했던 그 미묘한 표징들을 다시 열거해야 한다는 건 정말 유감이었다. 또한 그 순간의 진위를 다시 파고들어 유령과 플로라 사이의 불가사의한 교감이 사실은 습관처럼 익숙해 보인다는 사실이 나의 뇌리에 계시처럼 스쳤다는 사실을 다시 말하는 것도 정말 마음 아픈 일이었다. 내가 그로스 부인을 보고 있는 것처럼 어린 플로라가 유령을 본 것이 확실한데도 내가 왜 다른 망상에 빠져서 그 일에 대해 의구심을 갖지 않았는지를 해명하고, 그럼에도 플로라는 자기가 유령을 본 것을 내게 숨기려고 했으며, 동시에 아무 내색도 하지 않음으로써 내가 유령을 보았다는 사실을 스스로 의심하게 만들려고 했다는 사실들을 구구하게 설명하는 것은 또 얼마나 곤욕스러운 일이었는지! 그럼에도 나는 플로라가 내 주의를 돌리기 위해 했던 작은 시도들, 눈에 띄게 부산해지면서 놀이에 한층 더 몰입하는 듯 보이고, 노래를 흥얼거리고 끊임없이 재잘대면서 나를 자기와의 유희에 끌어들이려 했던 사실들을 다시 한번 그녀 앞에 세세히 늘어놓아야 했던 것도 정말 괴로운 일이었다.

그렇지만 그 사건에 다른 어떤 의미가 숨겨져 있지 않았다는 사실을 입증하는 일에 그렇게까지 열정적으로 몰입하지 않았더라면 지금까지 내 가슴에 남아 위안을 주고 있는 두세 가지 기억들을 갖지 못했을 것이다. 예를 들면 나의 속마음을 플로라에게 들키지 않았다는 사실을, 물론 그건 좋은 일이었긴 하지만, 그로스 부인에게 그렇게까지 단언할 수 없었을 것이다. 필요에 의해서든, 절실함에 의해서든, 아니면 그 무엇 때문이었는지는 모르지만 아무튼 나는 그로스 부인을 끝까지 몰아붙여 사실을 알아내려고 했으며, 압박감에 눌린 그로스 부인은 조금씩 그러나 결국엔 꽤 많은 사실을 내게 털어놓았다. 하지만 그 사실들의 이면에 숨겨진 의심스러운 점들은 지금도 가끔 박쥐의 날개처럼 내 이마를 스치곤 한다. 아무튼 그때 나는 온 집안이 잠들어 있는 그 시간, 우리가 직면하고 있는 위험에 온전히 집중할 수 있는 그 기회를 빌려 비밀의 장막을 다시 한번 잡아 당겨볼 필요가 있다고 판단했다. "엄청나게 끔찍한 일이 있었다고 생각하지는 않아요." 내가 이렇게 말했던 것 같다. "아니, 절대로 그렇게 생각하지는 않는 걸로 하죠. 하지만 만에 하나라도 그런 일이 있었다는 가정 하에, 부인에게 듣고 싶은 이야기가 있어요. 마일스가 집에 오기 전에 학교에서 편지가 왔었죠. 그때 부인은 마일스가 '나쁜 짓'을 하는 걸 한 번도 못 보았다고는 할 수 없다는 말을 했어요. 그때 부인은 무엇을 생각하며 그렇게 말했던 건가요? 나와 함께 지낸 지난 몇 주 동안 그를 자세히 관찰했는데 한 번도 '나쁜 짓'을 하는 걸 보지 못했거든요. 밝고 사랑스럽고 착한 아이였어요. 그러니 부인도 다른 어떤 확실한 이유가 없었다면 분명 적극적으로 마일스를 두둔했을 거예요. 부인이 그렇게 할 수 없었던 그 예외적인 이유가 뭐였죠? 부인이 지켜본 바로 마일스에 대해서 해줄 수 있는 말이 있다면, 그것은 무엇인가요?

그것은 참으로 무거운 질문이었지만, 그로스 부인도 나도 경솔한 사람들은 아니었으므로 새벽이 밝아오는 것을 보고 각자의 방으로 돌아가기 전에 나는 내가 원했던 답을 얻을 수 있었다. 그로스 부인이 그동안 마음속에 담고 있었던 이야기는 나에게 매우 중요한 단서가 되었다. 그것은 퀸트와 마일스가 계속 함께 붙어 다녔던 몇 개월간의 이야기였다. 그로스 부인은 당시 그러한 상황에 문제를 제기하면서 두 사람이 그토록 가깝게 지내는 것이 적절하지 않음을 전하고자 했다. 나중에는 미스 제셀에게 가서 그러한 자신의 생각을 말하기도 했는데, 미스 제셀은 그로스 부인에게 자기 할 일이나 하라는 식으로 받아 넘겼다고 했다. 그래서 결국 성실한 그로스 부인은 마일스에게 직접 말을 하기로 했다. 나는 마일스에게 가서 뭐라고 했느냐고 물었다. 그러자 그녀는 마일스에게 자신의 신분을 잊지 말라는 말을 했다고 했다.

나는 다시 한번 물었다. "마일스에게 퀸트는 천한 신분이라고 했나요?"

"그렇게 말한 셈이죠! 그런데 마일스의 대답이 무례했어요."

"그리고 또 다른 일도 있었나요?" 나는 그녀의 대답을 듣고 싶어 재차 물었다. "부인이 한 말을 퀸트에게 일렀어요?"

"아니, 그건 아니에요. 마일스가 절대로 그럴 마음은 없었죠!" 그로스 부인이 자신 있게 덧붙였다. "무슨 일이 있어도 그러지는 않았을 겁니다. 그렇지만 몇 가지 잡아떼기는 했어요."

"어떤 것들인데요?"

"그들이 함께 있을 때 보면 거의 퀸트가 마일스의 가정교사 같았거든요. 미스 제셀은 플로라만 신경 썼고요. 마일스는 퀸트와 함께 외출을 해서 몇 시간씩 있다 돌아오기도 했죠."

"그럴 때면 그 일에 대해 솔직하게 말하지 않았군요. 함께 있지 않았다고 했나요?" 그로스 부인이 내 말에 수긍하는 듯했으므로 내가 덧붙였다. "알겠어요. 마일스가 거짓말을 했군요."

"아무튼!" 그로스 부인이 중얼거리는 걸 보니 그건 중요하지 않다는 뜻 같았다. 잠시 후 그런 자기 생각을 뒷받침하려는 듯 이렇게 덧붙였다. "미스 제셀도 전혀 신경 쓰지 않았는데요 뭐. 마일스를 타이르지도 않았다고요."

나는 그녀의 말을 잠시 되짚어 보았다. "마일스가 상황을 합리화하려고 그렇게 말한 건 아닌가요?"

그러자 그로스 부인이 역시 시무룩하게 말했다. "아니오. 마일스 도련님은 한 마디도 하지 않았어요."

"퀸트와 관련해서 미스 제셀의 이야기를 전혀 하지 않았다는 말씀인가요?"

그러자 그로스 부인은 내가 무슨 의미로 묻는 건지 알고 얼굴을 붉혔다. "마일스는 아무런 내색도 하지 않았어요. 부정한 거죠." 그러더니 다시 한번 강조하듯 말했다. "부정했던 거예요."

아, 나는 정말 집요하게 그로스 부인을 다그쳤던 것 같다! "그러니까 부인이 보시기에 마일스가 그 두 사람 사이에 무슨 일이 있는지 알고 있었다는 말씀이세요?"

"모르겠어요. 난 모르겠어요!" 가여운 그로스 부인이 울먹이듯 말했다.

"알고 계셨군요. 가여운 사람." 내가 말했다. "단지 저처럼 당차지 못해서 혼자서만 알고 계셨던 거예요. 부인이 겁도 많고, 겸손하고, 섬세해서 그런 거죠. 제가 곁에 있지도 않았던 그 시기에 그런 생각을 하는 것만으로도 부인은 마음이 너무 괴롭고 비참했겠죠. 그래도 저는 부인에게 이야기를 들어야겠어요! 마일스에게 뭔가 짚이는 게 있으셨던 거예요." 내가 말을 이었다. "마일스가 그들의 관계에 대해서 뭔가 숨기고 있다는 걸 알고 계셨던 거예요."

"아, 그렇지만 결국은 마일스가 저를 막지……"

"결국 부인이 진실을 알게 되셨다는 말씀인가요? 그러셨군요!" 나는 머릿속으로 당시의 상황을 떠올리면서 흥분해서 외쳤다. "그들이 결국은 마일스를 그렇게까지 만들었던 거라고요!"

"아, 그렇지만 지금은 불량한 모습이 하나도 없잖아요!" 그로스 부인이 애절한 음성으로 말했다.

"제가 마일스의 학교에서 편지가 왔다고 말씀드렸을 때, 뭔가 이상했던 부인의 표정이 이제 이해가 되네요." 내가 말했다.

"선생님만큼 이상한 표정은 아니었을 텐데요!" 그로스 부인이 말했다. "마일스가 정말 그렇게 나쁜 아이였다면 지금은 어떻게 저런 천사 같은 아이가 되었을까요?"

"그러게 말이에요. 그 애가 학교에서 불량 학생이었다니요! 어쩌다, 어쩌다가 그렇게 된 걸까요?" 나도 괴로워하며 말했다. "다시 한번 생각해 봐야 할 것 같아요. 하지만 시간을 좀 주셔야 해요. 적어도 며칠은. 다시 한번 생각해 볼게요!" 내가 울먹이며 이렇게 말하자 그로스 부인은 나를 물끄러미 바라보았다. "지금 제가 건드리지 말아야 할 문제들이 있는 것 같아요." 일단 나는 그로스 부인이 조금 전에 언급했던, 마일스가 가끔 퀸트와 빠져나가는 것을 좋아했다는 이야기로 돌아갔다. "부인이 마일스에게 이야기할 때 퀸트가 비천한 신분이라고 했다면, 마일스도 부인에게 대꾸를 하면서, 제가 짐작하건대, 부인 역시 비천한 신분이라는 말도 했을 것 같은데요." 이번에도 그녀는 내 말을 수긍했다. 내가 다시 말을 이었다. "부인은 그 말을 듣고도 그냥 넘어가셨나요?"

"선생님 같으면 그냥 넘기지 않았을 것 같으세요?"

"아, 저도 그랬겠네요!" 그 순간 우리는 잠시 동작을 멈추고 묘하게 흥미로운 탄성 같은 걸 주고받았다. 그러고 나서 말을 이었다. "아무튼 마일스가 퀸트와 함께 있을 때…"

"플로라는 미스 제셀과 함께 있었죠. 모두가 원하는 상황이었던 거죠!"

내가 예상하던 바이기도 했다. 너무도 정확하게. 내가 감히 생각조차 하기를 꺼리던 그 상황과 정확하게 들어맞았다. 하지만 나는 일단 그러한 나의 생각을 더 이상 상세하게 표현하지는 않으면서 최종적인 나의 관점을 그로스 부인에게 전하기만 했다. "솔직하게 말씀드리자면, 마일스가 거짓말을 했다거나 무례했다거나 하는 이야기는 제가 부인에게서 듣고 싶었던 내용은 아니에요. 저는 마일스가 가지고 있는 사내아이로서의 천성적인 모습에 대해 알고 싶었거든요. 그렇지만 도움이 되기는 하네요. 앞으로는 마일스를 좀 더 주의 깊게 살펴야 할 것 같군요."

내 말을 듣는 그로스 부인의 표정을 보면서 그녀가 털어놓은 이야기 말고도 얼마나 많은 경우에 그녀가 마일스에게 지나친 관용을 베풀어 주었을지 짐작할 수 있었다. 그러자 그 아이에게 엄격하지 못한 나 자신의 현재 모습이 보이는 것 같아 얼굴이 붉어졌다. 내가 공부방 문고리를 잡고 막 들어가려고 할 때였다. 그로스 부인이 나를 부르더니 말했다. "마일스를 꾸중하실 건 아니지요?"

"저에게 숨기고 있었던 일들에 대해서 말씀인가요? 추가 증거가 나타날 때까지 아무도 비난하지 않을 겁니다." 그리고 나서 방문을 연 채 그녀를 보내기 전에 한 마디를 덧붙였다. "그때까지는 기다려야죠."

/

9

/

나는 기다리고, 또 기다렸다. 시간이 지나면서 충격과 두려움도 조금씩 옅어져 갔다. 사실은 아이들을 시야에서 떼어놓지 않고 지내던 그 기간 동안 새롭지 않은 날들이 거의 없다 보니 나의 비통한 공상들과 불쾌한 기억들은 스펀지로 닦아내듯 지워져가고 있었다. 아이들 특유의 순수한 매력에 나를 맡기고 북돋아주는 것이 내가 지향하는 방식이라는 말을 앞에서도 한 적이 있는데, 혹시 이제는 내가 더 이상 아이들의 천성적인 매력을 소중히 여기지 않게 된 것은 아닌가 하는 의구심이 들지도 모르겠다. 하지만 그 즈음 나는 그로스 부인과의 대화를 통해 새롭게 알게 된 사실들에 흔들리지 않기 위해 혼자만의 사투를 벌여야 했는데, 그것은 말로 다 표현할 수 없는 낯선 경험이었다. 하지만 그러한 나의 노력이 상당 부분 효과를 발휘한 덕분에 그나마 일상의 긴장감을 그 정도로 유지할 수 있었던 것이다. 나는 어린 제자들이 내가 그들에 대해 기이한 생각을 하고 있다는 사실을 알아채지 못하게 할 방법들을 끊임없이 연구했다. 하지만 그러한 생각들은 아이들에 대한 나의 집중적인 관심을 더욱 부채질했고, 그것은 아이들에게 내가 염려하는 것들을 숨기는 데 도움이 되지 않았다. 그러다 보니 아이들이 내가 자기들에게 점점 더 신경을 쓰고 있다는 사실을 눈치챌까 봐 늘 마음을 졸였다. 최악의 상황을 가정하면서 아이들의 순진무결함을 부정하려 드는 것은 ― 명상을 하면서도 그럴 때가 종종 있었는데 ― 더 많은 위험을 감수해야 할 이유가 되었다. 아이들에게는 잘못이 없고, 단지 그러한 운명에 놓였던 것이었다면 나는 어떠한 위험을 감수하고라도 아이들을 구해야 하지 않겠는가. 가끔 나 자신도 절제할 수 없는 충동이 일어나 아이들에게 달려가 품에 꼭 안을 때가 있었는데, 그때마다 스스로에게 이렇게 속삭이곤 했다. "아이들이 어떻게 생각하겠어? 너무 많이 들키는 거 아니야?" 내 마음을 어디까지 들켜도 되는 것인지에 대해 걷잡을 수 없이 슬픈 혼란에 빠지기도 했지만, 사실 지금까지도 회상할 때마다 나에게 즐거움을 주는 이 평화로운 시간은 설사 그것이 아이들의 계산에 의한 것이었다 할지라도 훌륭한 기분 전환제로서 가치가 있었다. 이따금 아이들을 향해 들끓는 나의 애정이 갑자기 터져 나오는 바람에 아이들의 의심을 살 수도 있겠다는 생각을 할 때면, 아이들이 내게 뭔가를 더 보여주려고 점점 눈에 띄게 노력하는 모습에 대해서도 의구심을 가져야 하는 게 아닌가하는 생각이 뒤따르곤 했다.

이 시기에 아이들은 지나칠 정도로 나를 좋아하고 잘 따랐다. 하지만 그것은 내가 끊임없이 아이들을 보살피고 안아주는 것에 대한 자연스러운 반응이었다. 아이들의 애착은 나의 긴장감을 많이 완화해주었으며, 그 속에 무슨 의도가 숨어 있지 않았나 하는 의심조차 떠오르지 않게 했다. 아이들은 힘든 시간을 보내고 있는 자기들의 보호자를 위해 전에 없이 많은 것들을 보여주고 싶어 했다. 가정교사인 나에게는 수업을 점점 더 잘 따라오는 것이 무엇보다 큰 기쁨이었지만, 그 밖에도 다양한 방식으로 즐거움과 놀라움을 안겨주었다. 좋은 문장들을 읽어준다든가, 이야기를 들려준다든가, 무언극을 보여준다든가, 동물이나 역사 속의 인물로 변장을 하고 갑자기 달려들곤 했는데 그 중에도 가장 나를 감동시켰던 것은 '작품 속의 구절들'을 외워서 암송해주는 거였다. 지금 돌이켜보면 그때 나는 그렇게 몇 시간씩 아이들을 붙잡고 매사에 개인적인 해석을 붙이고, 수정하고 평가하려 들지 말았어야 했다. 아이들은 처음부터 모든 면에 재능을 보여주었으니 말이다. 무엇이든 배우기 시작하면 놀라운 발전을 보여주었다. 어떤 과제물을 내주어도 재미있게 해냈으며, 자연스럽게 흘러나오는 천부적인 재능과 기억력을 발휘하며 배움에 몰입했다. 아이들은 호랑이나 로마 군인뿐 아니라 셰익스피어 작품 속 인물이나 천문학자, 항해사 등으로 변장을 하고 내게 뛰어들었다. 내가 당시 마일스를 위해 서둘러 다른 학교를 알아보지 않고 지나치게 태평했던 것은 바로 이러한 특출함 때문이었는데, 그 일에 대해서는 지금도 달리 설명할 길이 없다. 내가 기억하기로 당시에 나는 그 문제를 거론하지 않는 것이 좋겠다고 생각했던 것 같다. 마일스가 지속적으로 놀라운 영리함을 보여주었기 때문에 가난한 목사의 딸인 일개 가정교사의 실수로 잘못되지는 않을 것이라 안심했던 면도 있었다. 당시 내 머릿속에 직조되고 있던 이러한 생각의 실타래에서 가장 두드러졌던 생각은 마일스가 그의 작은 정신세계 안에서 작용하고 있는 어떠한 영향권 아래 있는 것 같다는 느낌이었다.

그런 아이였으므로 학교 가는 걸 조금 늦추어도 무방할 거라는 건 쉽게 생각할 수 있는 일이었지만, 그런 아이가 학교에서 '퇴학'을 당했다는 건 아무리 생각해도 답이 없는 수수께끼였다. 나는 당시 거의 모든 순간 아이들과 같이 있었는데 그럴 때면 뭔가 미심쩍은 낌새가 감지되어도 그것을 집요하게 추적하기가 어려웠다. 우리는 구름 속에 펼쳐진 세계에서 음악과 사랑, 성공과 소인극(아이들이 서툴지만 빛나는 재능으로 보여주는 연극을 말한다. - 옮긴이)에 빠져 살았다. 두 아이는 모두 음악적 감각을 타고났는데, 그 중에도 마일스는 듣고 따라 하는 능력이 뛰어났다. 공부방에 있는 피아노를 이용한 마일스의 연주는 나의 온갖 섬뜩한 상상들을 잠재우는데 탁월한 효과가 있었는데 피아노 연주가 재미없어지면 두 아이는 구석에서 뭔가 즉흥적으로 지어낸 대사를 주고받다가 둘 중 하나가 극적인 연기를 하며 밖으로 뛰쳐나갔다가 새로운 인물로 다시 '입장'을 했다. 나 역시 남자 형제가 있었고, 그때까지 알고 있던 대부분의 남매관계란 어린 여동생이 노예처럼 남자 형제를 섬기는 형태였다. 그런데 놀랍게도 마일스는 자기보다 나이도 어리고, 약하고, 영리하지 못한 여동생을 자상하게 배려하는 것이었다. 둘은 보기 드물게 화합이 잘되었으며, 한 번도 말다툼을 하거나 서로에 대해 불평을 하지 않았다. 아이들의 다정하고 착한 심성은 어떠한 칭찬을 해도 부족할 정도였다. 가끔 내 심사가 거칠어질 때면, 두 아이 중 하나가 내 주의를 끌어서 나머지 한 명이 빠져나갈 수 있게 도와주기도 했다. 아이들의 이런 외교적인 행동에는 항상 순진한 구석이 있었고, 나를 불쾌하게 만드는 요소를 최소화 하려는 노력이 담겨 있었다. 정말로 나를 불쾌하게 한 사건은 전혀 다른 맥락에서 발생했다.

　지금까지 이야기의 진전이 없이 너무 제자리만 맴돌았으므로, 이제부터 본격적으로 들어가 보고자 한다. 블라이에서의 끔찍한 기억 속으로 들어가는 것은 당시 내가 자의적으로 믿었던 모든 사실들을 재검토하는 일이 될 뿐 아니라, 나를 힘들게 했던 모든 기억들을 새삼 들추어내는 일이 될 것이고, 그것은 내게 전혀 다른 차원의 고통을 안겨줄 것이다. 하지만 나는 모든 것을 견뎌내면서 끝까지 이 글을 써나가고자 한다. 곧이어 힘든 시간이 찾아왔는데, 지금도 그 시절을 돌아보면 오로지 고통스러웠던 기억들만 떠오른다. 하지만 적어도 나는 그 일의 밑바닥에 도달했었고, 거기서 빠져나오는 가장 빠른 길은 앞으로 직진하는 길뿐이었다. 어느 날 저녁이었다. 어떤 전조나 예고도 없이 문득 내가 블라이에 처음 오던 날 밤에 느꼈던 냉기 같은 것이 훅하고 끼쳐오는 것이었다. 앞서도 말했듯이 시간이 지나면서 첫 날의 그 느낌은 훨씬 가벼워졌으며, 그 후에 이어지는 생활이 좀 더 평온했더라면 그것은 내 기억 속에서 거의 사라졌을 것이다. 아직 침대에 들기는 전이었고, 나는 촛불 옆에 앉아 책을 읽고 있었다. 블라이에는 고서가 가득한 방이 있었다. 책들은 대부분 지난 세기에 발간된 소설들이었는데, 대부분 한물간 명저들이었지만 그렇다고 닥치는 대로 주워 모은 것들은 아니었다. 그렇게 시골의 외딴 집 서재에 모이게 된 책들이 한 젊은 여자의 사적인 호기심을 고무했고, 지금 기억하기에 그때 내가 읽고 있던 책은 필딩의 《아멜리아》였다. 나는 말똥말똥하게 깨어 있는 상태였으며, 밤이 제법 깊었다는 사실을 알고 있으면서도 시계를 확인해야 할 것 같은 마음을 누른 채 책에 빠져 있었다. 플로라의 침대 머리 쪽에 드리워진 당시 유행하던 스타일의 흰색 커튼은 내가 책을 읽기 시작하기 전에 손봐 놓은 대로 잘 드리워진 채 아이의 곤한 잠을 감싸고 있었다. 나는 책의 내용에 빠져 있으면서도 책장을 넘길 때마다 눈을 들어 방문을 힐끗 쳐다보았다. 그러던 중에 첫 날의 서늘함을 떠올리게 하는 소리가 들렸다. 뭔가가 집안을 돌아다니는 것 같은 소리였다. 그리고 열린 창문으로 숨결 같은 미풍이 불어와 반쯤 내려진 블라인드를 가볍게 흔들었다. 나는 잠시 생각해 보고는 몹시 신중한 결단을 내리듯 책을 놓고 일어나 촛불을 들고 밖으로 나갔다. 누군가 그런 내 모습을 보고 있었다면 제법 멋있다고 해주었을지 모르겠다. 아무튼 나는 내가 들고 있는 촛불이 별 효과를 발휘하지 못하는 캄캄한 복도에 서서 조용히 방문을 닫고 잠갔다.

지금도 내가 그때 어떤 판단을 했고, 무엇에 이끌렸는지는 설명할 수 없다. 나는 촛불을 높이 들고 로비를 걸어 계단이 휘어지는 지점에 나 있는 높은 창문이 보이는 곳까지 갔다. 그 순간 세 가지 일이 일어났다. 거의 동시에, 그러나 순차적으로. 나의 빠른 걸음에 들고 있던 촛불이 꺼졌고, 커튼이 달려 있지 않은 높은 창문을 통해 새벽빛이 비쳐드는 것을 보면서 촛불이 필요하지 않았다는 것을 알 수 있었다. 그리고 다음 순간 계단에 누군가 서 있는 것을 보았다. 방금 순차적이었다고 했는데, 퀸트의 유령을 세 번째 마주하는 순간 온몸이 굳어지는 데는 일 초도 걸리지 않았다. 그는 계단 중간쯤에 있는 층계참에 서 있었는데 바로 창문 앞이기도 했기 때문에 선명하게 눈에 들어왔다. 그는 잠시 그대로 선 채 나를 똑바로 바라보았다. 탑 위에서, 그리고 정원에서 그랬던 것처럼. 내가 이제 그를 잘 아는 것처럼 그도 나를 잘 아는 것 같았다. 높은 창유리를 통해 비쳐드는 냉랭하고 희미한 새벽빛과 광택이 흐르는 참나무 계단에 반사되는 빛을 받으며 우리는 긴장감 속에 서로를 마주보았다. 이번에 마주한 퀸트의 유령은 고약하고도 위험한 존재감을 생생하게 뿜어내고 있었다. 하지만 정작 경이로운 순간은 그다음이었다. 내가 두려움을 이겨내고 온 힘을 다해 그를 마주하던 순간.

그 특별한 순간이 지나자 많은 번민이 몰려왔지만, 감사하게

도 두려움은 없었다. 그리고 그도 내가 자기를 두려워하지 않는다는 것을 아는 것 같았다. 나는 그와의 세 번째 조우에서 그것을 깨달은 것이다. 내 안에 자신감이 불타오르자 그렇게 일분만 버티고 서 있으면, 적어도 그와 마주하고 있는 순간만큼은, 더 이상 그를 두려운 상대로 여기지 않아도 될 것 같았다. 그리고 그 일 분 동안은 실제의 인간을 마주하고 있는 것만큼이나 끔찍하고 소름 끼쳤다. 그 이유는 그가 너무도 생생하게 살아 있는 사람의 모습을 하고 있었기 때문이었다. 이른 새벽, 모두가 잠들어 있는 집에서 나의 원수일 수도 있고, 침입자 혹은 범죄자일 수도 있는 누군가와 마주쳤다면 당연히 무섭지 않았겠는가. 하지만 그 순간 나를 엄습했던 공포의 주된 원인은 그렇게 가까운 거리에서 서로를 응시하는 동안 감돌았던 지독한 정적이었다. 그 부자연스러움. 만약에 그 시간 그 자리에서 살인자와 마주하고 있었더라면 최소한 서로 몇 마디는 주고받았을 것이다. 살아 있는 생명체로서 뭔가를 주고받았을 것이라는 뜻이다. 그러지 않았더라도 최소한 둘 중 한 사람은 어떤 행동이든 했을 것이다. 그 시간이 너무도 길게 느껴졌기 때문에 조금만 더 길었더라면 나는 내가 아직 살아 있는지 확인해 봐야 했을지도 모르겠다. 그 다음에 벌어진 상황은 달리 설명할 길이 없는데, 그가 우리를 감싸고 있던 침묵 속으로 사라진 것이다. 그것은 어쩌면 나의 승리를 입증하는 것일 수도 있었다. 한 때 그의 영혼이 몸담았던 비천한 신분의 한 사나이의 모습이 누군가의 명령을 받은 듯 돌아서는 것을 분명히 보

앗다. 그리고 어떤 곱사등이도 그렇게 흉측하지는 않을 것 같
은 심하게 굽은 등을 보이며 계단을 내려가더니 모퉁이를 돌아
어둠 속으로 사라졌다.

10

나는 잠시 계단 위에 서 있었다. 그러다가 나의 방문자가 왔을 때 감돌았던 기운이 사라진 것으로 보아 그가 정말로 간 것이라는 판단이 들자 내 방으로 돌아왔다. 내가 켜두고 간 촛불에 비쳐 처음 눈에 들어온 것은 비어 있는 플로라의 침대였다. 순간 온갖 두려움이 엄습하면서 심장이 멎는 것 같았다. 불과 5분 전만 해도 이겨낼 수 있을 것 같았는데 그 순간엔 그렇지 못했다. 나는 플로라가 누워 있던 자리로 달려갔다. 작은 실크 침대보와 홑이불이 흐트러져 있었다. 그 위로 흰 커튼이 불룩하게 드리워져 플로라의 빈자리를 덮고 있었다. 차마 말로 표현할 수 없이 암담한 채 걸음을 옮기는데 응답처럼 누군가 움직이는 소리가 들렸다. 그리고 창문에 드리워진 블라인드가 들썩이더니 볼이 발갛게 상기된 플로라가 몸을 숙여 그 밑으로 빠져나왔다. 플로라는 너무도 자연스러운 모습으로 맨발에 잠옷만 입고 서 있었다. 플로라는 곱슬머리를 황금빛으로 반짝이면서 무척 심각한 표정으로 나를 향해 꾸짖듯 말했다. "말썽꾸러기 같으니. 어디 갔었죠?" 그때까지 플로라는 나를 잘 따랐고, 그녀의 애착과 신임을 받는 것이 나로서는 특권처럼 느껴졌기 때문에 그 순간 나는 그 모든 특권을 빼앗기는 듯 당혹스러웠다. 플로라의 이 느닷없는 무례함을 나무라는 대신 나는 어느새 해명을 하고 있었다. 플로라는 자신의 행동에 대해 사랑스럽고도 열정적인 음성으로 단순 명쾌하게 대답했다. 침대에 누워 있는데 갑자기 내가 방에서 나갔고 그녀는 무슨 일인지 궁금해서 일어났다는 것이다. 나는 플로라가 다시 내 눈앞에 나타난 것에 만족하며 쓰러지듯 의자에 앉았다. 그제야 약간 어지러운 것 같았다. 플로라는 곧장 내게로 다가와 무릎에 안겼다. 졸음에 겨운 그녀의 예쁜 얼굴에 촛불 빛이 일렁였다. 나는 순간 그녀에게서 뿜어져 나오는 충만한 아름다움에 나를 맡기듯 의식적으로 눈을 감았다. "창밖을 내다보며 나를 찾고 있었니?" 내가 물었다. "정원에서 산책하고 있는 줄 알았어?"

"음, 있잖아요. 누가 산책하고 있는 것 같았어요." 나를 향해 미소 짓는 플로라의 얼굴이 전에 없이 창백했다.

아, 그때 그녀를 내려다보는 나의 표정은 어땠을까! "누가 밖에 있는 걸 봤다고?"

"아, 아니오!" 플로라는 어린아이 특유의 변덕을 부리며 퉁명스럽게, 그러나 어리광을 섞어가며 천천히 도리질을 쳤다.

순간 나는 불쾌감이 치솟으면서 그녀가 거짓말을 하고 있다는 확신이 들었다. 그러고는 이 상황에 대처할 수 있는 몇 가지 방법을 떠올리며 다시 한번 눈을 감았다. 그 중에 잠시 나를 휘어잡았던 한 가지 충동은 유독 강렬해서 나는 자제력을 발휘하기 위해 떨리는 손으로 플로라의 팔을 잡았다. 플로라는 울거나 겁먹은 티를 내지 않고 말없이 견뎠다. 왜 그 자리에서 그녀에게 화를 내며 마음속의 갈등을 풀어내지 않았을까? 촛불에 환히 빛나는 그녀의 얼굴에 진실을 똑바로 들이대지 않았을까? "너 말이야, 너, 지금 거짓말을 하고 있어. 그리고 내가 그걸 알고 있다는 것도 알아. 그러니까 솔직하게 털어놓는 게 어때? 그래야 적어도 우리가 이 기이한 운명에 함께 대처해나갈 수 있을 것이고, 우리가 지금 어떤 상황에 있는지, 어떤 의미가 있는지 알아갈 수 있지 않겠니?" 이렇게 외치고 싶은 유혹은 떠오르자마자 그대로 사라졌다. 만약 내키는 대로 했다면 차라리 그때 나를 구할 수 있었을지도 모르겠다. 내 말이 무슨 의미인지는 차차 알게 될 것이다. 하지만 나는 충동에 나를 맡기는 대신 플로라의 침대를 돌아보며 벌떡 일어났다. 그러고는 어쩔 수 없이 중도를 택했다. "그런데 왜 커튼을 끌어다 네가 누웠던 자리를 덮은 거지? 누워 있는 것처럼 보이게 말이야."

플로라는 잠시 생각해보는 듯하더니 특유의 천사 같은 미소를 지으며 말했다. "선생님을 놀라게 하고 싶지 않아서요."

"하지만 네 생각대로였다면 나는 밖에 나간 거 아니었어?"

플로라는 전혀 당황하지 않고 촛불을 보며 시선을 피했다. 마치 내 질문이 엉뚱했던 것처럼. 아니면 마셋 부인의 학습서 나 구구단 외우기만큼이나 흥미롭지 못하다는 듯이. "아, 그렇지만," 플로라는 아주 적절한 대답을 했다. "선생님이 들어오실 수도 있으니까요. 그리고 정말 들어오셨잖아요!" 잠시 후 플로라가 잠자리에 들자 나는 그녀 곁에 바싹 다가앉아 오랫동안 손을 잡고 내가 더 늦기 전에 돌아오길 잘했다고 몇 번이나 확인시켜주어야 했다.

  내가 그날 밤을 어떻게 보냈을지는 상상할 수 있을 것이다. 자다가도 수시로 일어나야 했으며, 플로라가 그녀의 침대에 곤히 잠들어 있을 것을 확인하고는 조용히 빠져나와 지난번에 퀸트를 만났던 곳까지 가 보기도 했다. 하지만 거기서 다시 퀸트를 만나는 일은 없었다. 사실 그 후로는 집 안 어디에서도 그를 보지 못했다. 하지만 계단에서 또 다른 모험을 할 뻔 했는데 가까스로 피한 적은 있었다. 계단 위에서 아래를 내려다보는데 맨 아래서 두세 번째 계단에 어떤 여자가 내게 등을 향한 채 앉아 있었던 것이다. 몸을 앞으로 굽히고 두 손으로 얼굴을 감싸고 있는 모습이 비통에 잠겨 있는 듯했다. 하지만 그녀는 나를 돌아보지도 않고 곧 사라졌기 때문에 그 시간이 길지는 않았다. 그렇지만 그녀가 얼마나 섬뜩한 얼굴을 하고 있을지는 알 수 있었다. 만일 내가 계단 위에 있지 않고 아래서 올라가는 길이었다면, 지난번에 거기서 퀸트를 만났을 때처럼 용감할 수 있었을까? 그렇지만 내가 용감해져야 할 기회는 그 후로도 많았다. 퀸트를 세 번째 만난 지 열 하루째 되는 날 밤, 나는 그 때 날짜들을 기록해 두었는데, 그 사건에 버금가는 사건이 벌어진 것이다. 그날 내가 유독 큰 충격을 받은 이유는 전혀 예기치 못했던 상황의 반전 때문이었다. 한동안 밤마다 경비를 서다시피 하느라 몹시 지쳐있었던 나는 그날 모처럼 평소 취침 시간에 잠자리에 들었다. 하지만 완전히 긴장을 푼 것은 아니었는지, 눕자마자 깜박 잠이 들었는데 새벽 한 시 정도에 깼다. 그러고는 마치 누군가 나를 흔들어 깨운 것처럼 잠이 완전히 달아난 상태로 일어나 앉았다. 그런데 켜 놓은 채 잠들었던 촛불이 꺼져 있는 것이었다. 그 순간 플로라가 껐다는 걸 직감적으로 알 수 있었다. 나는 벌떡 일어나 어둠 속을 더듬어 그녀의 침대로 갔다. 플로라는 침대에 없었다. 창문 쪽을 돌아보니 대충 알 것 같았고 성냥을 그어 불을 밝히자 모든 상황이 한 눈에 들어왔다.

플로라는 역시 일어나 있었다. 그냥 밖을 내다보기 위해서였는지 누군가의 부름에 응하기 위해서였는지 모르지만 촛불을 불어 끄고 블라인드 뒤로 비집고 들어가 어두운 밖을 내다보고 있었다. 지난번에는 플로라가 유령을 보지 못해 무척 다행이라 생각했는데, 이번에는 분명히 본 것 같았다. 내가 촛불을 켜고 황급히 숄을 두르며 슬리퍼를 신는데도 전혀 놀라거나 당황하지 않는 것을 보면서 나는 그 점을 확신할 수 있었다. 플로라는 블라인드 뒤에 몸을 감추고 안전하게 보호된 상태에서 창틀 위에 편안하게 올라앉아 골똘히 뭔가에 집중하고 있었다. 창문은 밖으로 열려 있었고 밝은 달빛이 그녀를 비춰주고 있었다. 그 장면을 바라보는데 순간적으로 스치는 확신 같은 것이 있었다. 그녀가 호숫가에서 보았던 유령과 직접 대면한 것이 분명하다는. 그리고 그때는 하지 못했던 유령과의 소통을 이제 할 수 있게 된 것이라는. 나는 플로라를 방해하지 않으면서 복도로 나가 같은 지점이 내다보이는 또 다른 창문으로 가야 한다고 생각했다. 나는 조용히 문 쪽으로 갔다. 그러고는 복도로 나와 문을 닫고 방문에 귀를 대고 방 안에서 무슨 소리가 나는지 들어보았다. 복도에 서 있으려니 열 걸음 정도 거리에 마일스의 방문이 보였다. 그러자 내 안에서 또다시 야릇한 충동 같은 것이 일어나기 시작했다. 내가 앞에서 유혹이라고 말했던 그것이었다. 곧장 마일스의 방으로 들어가 창문으로 가면 어떨까? 깜짝 놀라며 의아해 할 마일스에게 나의 의도를 드러내는 위험을 감수하고, 풀리지 않는 의문점들에 내 용기의 긴 고삐를 던지면 어떨까?

그런 생각을 하면서 나도 모르게 그의 방문턱까지 다가갔다. 그리고 거의 초자연적인 집중력으로 귀를 기울이면서 안에서 어떤 불길한 일이 벌어지고 있을까 상상해 보았다. 마일스의 침대 역시 비어 있고, 그도 플로라처럼 조용히 밖을 지켜보고 있는 것은 아닐지. 그렇게 몇 분 정도 깊은 고요가 흐르자 충동에 휩싸였던 나의 마음도 가라앉았다. 마일스의 방에서는 아무 소리도 들리지 않았다. 마일스는 아무것도 모르고 있을 수도 있다. 나는 하마터면 큰 실수를 할 뻔 했다는 생각을 하면서 돌아섰다. 마당에 누군가가 있었다. 뭔가를 찾아 두리번 거리면서. 플로라는 그 방문자와 소통을 했다. 마일스는 그 방문자에게 관심의 대상이 아닌 듯하다. 나는 또다시 망설였다. 하지만 곧 결론을 내렸다. 블라이에는 빈 방이 많으므로 적당한 방을 고르기만 하면 되었다. 아래층에 있는 방 중에서 정원보다 높은 방이면 될 것 같았다. 내가 전에 말했던 구탑 모퉁이에 바로 그런 방이 있었다. 넓은 정사각형의 방인데 침실로 꾸며져 있지만 너무 커서 잘 사용하지 않는 방이었다. 그로스 부인은 그 방까지도 늘 말끔하게 청소해 놓았다. 나는 종종 그 방에 들어가 쉬곤 했기 때문에 그리로 가는 길을 잘 알았다. 오랫동안 비워두었던 방에서 싸늘한 냉기가 달려들었다. 나는 잠시 멈칫했지만 곧 방을 가로질러 창가로 가서 조용히 덧문을 열었다. 그런 다음 창유리의 덮개를 열고 유리창에 얼굴을 갖다 댔다. 밖이 실내보다 밝았으므로 내가 보고자 했던 지점이 잘 보이는 위치임을 확인할 수 있었다. 밝은 달빛이 쏟아지면서 잔디밭에 서 있는 사람이 똑똑히 보였다. 거리가 멀어서 작게 보이긴 했으나 미동도 없이 서서 마치 감상을 하듯 내 쪽을 올려다보고 있었다. 정확하게 말하자면 나를 보는 것은 아니었고, 내가 있는 방 위쪽을 보고 있었다. 내 위에 또 누군가 있는 것이다. 아마도 탑 위에. 하지만 잔디밭에 서 있는 사람은 내가 전에 창문을 통해 보고 황급히 달려 나갔던 그 사람이 아니었다. 잔디밭에 서 있는 사람은 바로 나의 마일스였던 것이다. 갑자기 가슴이 울렁거리며 구토를 할 것 같았다.

/

11

/

다음 날 늦게야 그로스 부인과 대화를 할 수 있었다. 아이들을 시야에서 떼어놓지 않으려다 보니 그로스 부인과 단둘이 있을 시간을 만들기가 쉽지 않았고, 아이들이나 다른 하인들이 우리의 은밀한 동요와 의문에 찬 쑥덕거림을 눈치 채지 않도록 신경을 쓰느라 더 그랬다. 이런 점에 있어서 그로스 부인의 구순한 심성은 나를 한결 안심시켜주었다. 그녀의 온화한 얼굴에는 내가 털어놓은 끔찍한 비밀의 흔적이 전혀 드러나지 않았기 때문이다. 그녀 역시 나를 믿었던 게 틀림없었다. 그러지 않았더라면 내가 어떻게 그 시간을 견뎠을지 모른다. 혼자서는 그런 긴장감과 불안을 도저히 감당하지 못했을 것이다. 그로스 부인은 가히 기념비적이라 할 만큼 상상력이 결여되어 있었는데, 내가 보기에 그것은 그녀에게 내려진 축복 같았다. 우리가 돌보는 두 아이에게서도 그녀는 오직 아름다움과 사랑스러움, 행복과 영민함만을 보았으며, 나에게는 번민과 두려움의 근원이었던 유령들과도 직접적인 소통을 하지 않았다. 만약 아이들이 눈에 보이는 어딘가를 다치거나 병이 나서 수척해지기라도 한다면, 그녀는 그 원인을 따져가며 노심초사하느라 아이들 못지않게 아파하며 야위어갈 것이다. 하지만 그녀가 희고 굵은 두 팔로 팔짱을 끼고 특유의 평온한 얼굴로 아이들을 지켜볼 때면, 만에 하나 아이들이 잘못된다 해도 그녀는 그 남은 조각조차 소중하다고 생각하면서 하느님께 감사할 사람이라는 생각이 들곤 했다. 그녀의 마음속에는 바람을 일으키며 날아오르는 상상력 대신 지속적이고 은근한 난롯가의 온기가 있었다. 내가 짐작하는 대로라면 그로스 부인은 한동안 별 사고 없이 시간이 흐르자 아이들이 각기 제 할일을 하면서 순탄한 일상을 보내고 있다고 믿기 시작했으며, 아이들은 제 앞가림을 잘하고 있으니 이제 그들의 가정교사인 내가 안고 있는 문제에 진심 어린 배려를 쏟아주어야 겠다고 생각하고 있었다. 그녀의 이러한 단순화는 내 입장에서 보면 아주 다행이었다. 마음의 근심이나 불안을 주변 사람들에게 들키면 안 되는 상황에서 그녀의 표정 관리까지 신경을 써야 했더라면 그것은 나에게 엄청난 스트레스가 되었을 것이기 때문이다.

앞에서 말했듯이 다음 날 늦게야 그로스 부인은 내 요청을 받고 테라스로 나왔다. 계절이 바뀌어 오후의 해가 견딜 만했다. 우리는 테라스에 앉아 있었고, 아이들은 조금 떨어진, 그러나 소리쳐 부르면 들릴 듯한 거리에서 놀고 있었다. 둘이 발을 맞춰 천천히 잔디 위를 걷고 있었는데, 마일스는 동화책을

소리 내 읽으면서 한쪽 팔을 동생의 어깨에 둘러 가까이 당기
곤 했다. 그로스 부인은 흡족한 표정으로 조용히 아이들을 지
켜보았다. 그러다가 내 이야기를 들어주느라 고개를 돌릴 때
면 아름다운 풍경의 이면에 숨겨진 흉측하고 모호한 세계를 이
해하기 위해 힘겹게 머리를 굴리느라 그녀의 머리에서 나지막
한 삐걱거림이 들리는 것 같았다. 내가 어쩔 수 없이 그녀를 그
렇게 만든 것이기는 했지만, 그녀가 나의 고통과 번민을 받아
준 것은 내가 맡은 역할과 그것을 수행해내고 있는 나에게 대
한 그녀 나름의 인정이었으며, 또 어느 만큼은 그런 내가 자기
보다 우월하다고 생각하기 때문인 것 같기도 했다. 그녀는 마
음을 활짝 열고 진심으로 내가 쏟아내는 것들을 받아주었다.
내가 만약 마법약을 만들고 싶다고 했으면, 그녀는 약을 달일
수 있는 커다란 솥단지를 가져다주었을 것이다. 아무튼 그녀는
그런 태도로 내 이야기를 들어주었고, 나는 간밤에 일어난 이
야기를 하다가 지금 아이들이 서성이고 있는 바로 그 지점에서
마일스를 발견하고 나가서 데리고 들어왔을 때 마일스가 나에
게 한 말을 전하려는 중이었다. 어젯밤에 창문에서 마일스를
발견한 나는 큰 소리로 불러서 잠들어 있는 식구들을 놀라게
하는 것보다 내가 직접 나가서 데려오는 게 좋겠다고 판단했던
것이다. 나는 이 이야기를 하는 동안 나를 신뢰하고 연민하는
그녀의 마음에도 내가 전날 밤 마일스에게 느꼈던 짜릿한 감동
이 전달되기를 바라는 마음이었다. 마일스를 집안으로 데리고
들어온 나는 의구심을 해결하기 위해 그에게 결정적이고도 정

곡을 찌르는 질문을 했는데, 어린 마일스가 빛나는 기지를 발휘해 나의 질문에 응답을 했던 것이다. 내가 달빛이 쏟아지는 테라스로 나가자마자 마일스는 곧장 내게로 달려왔다. 나는 아무 말 없이 그의 손을 잡고 어둠을 벗어나 베란다로 이어지는 계단을 올라왔다. 지난번에 퀸트의 유령이 마일스를 찾아 두리번거리던 바로 그 자리였다. 그런 다음 내가 몸을 떨면서 귀를 기울이던 로비를 지나 그의 텅 빈 방으로 갔다.

방까지 가는 동안 우리는 한 마디도 하지 않았다. 그러는 동안 나는 마일스가 내게 둘러댈 그럴 듯한, 하지만 너무 충격적이지는 않은 변명 거리를 모색하고 있는 게 아닐까 하는 생각을 하고 있었다. 사실은 그게 얼마나 궁금했는지 모른다! 이야기를 지어낸다는 게 꽤나 고역스러울 것이므로 나는 어린 마일스가 마주하고 있을 당혹감에 묘한 승리감마저 느꼈다. 그것은 속을 알 수 없는 영리한 아이에게 던진 예리한 함정이었던 것이다! 더 이상 순진한 척 빠져나갈 수는 없다. 어떻게 빠져나가겠는가? 머릿속에 이러한 질문들이 맥박처럼 뛰놀면서 심장이 고동을 쳤고, 동시에 나는 이 상황에 어떻게 대처할 것인가 하는 질문도 둔탁하게 내 가슴을 두드렸다. 드디어 지금까지 한 번도 겪어보지 않았던 위기 상황에 직면하게 된 것이다. 그것은 바로 내가 안고 있는 두려움의 실체를 말로 꺼내놓는 것이었다. 드디어 마일스의 방에 도달했다. 그의 침대는 누웠던 흔적 없이 말끔히 정리된 채였으며, 창문에는 커튼이 젖혀져 달빛이 한껏 비쳐 들고 있었다. 촛불을 켜지 않아도 방 안이 훤

했다. 그 순간 문득 마일스가 나를, 흔히 하는 말로 '가지고 놀 았다'는 생각이 들면서 나도 모르게 침대 끝에 쓰러지듯 주저 앉았다. 예로부터 어린 아이를 돌보는 사람이 미신을 섬기면 서 아이들의 두려움을 조장하는 것은 범죄 행위에 해당한다. 만일 내가 그런 행동을 한다면 영리한 마일스는 그것을 약점 으로 쥐고 나에 대해 무엇이든 자기가 원하는 대로 할 수 있을 것이다. 나를 아예 집게 막대에 끼운 것처럼 '가지고 놀 수' 있 을 것이다. 마일스와 소통을 하는 중에 내가 먼저 아주 희미하 게라도 그런 불경스러운 요소를 끌어들인다면, 그러한 나의 죄 를 누가 사면해 줄 수 있겠는가? 누가 나를 사형대에서 내려오 게 하는데 동의하겠는가? 아무도 그러지 않을 것이다. 어두운 방에서 마일스와 주고받았던 짧지만 가파른 감정의 파동이 나 를 얼마나 감동으로 전율케 했는지 그로스 부인에게 전하려는 것도, 여기 이렇게 적는 것도 모두 소용없는 일일 것이다. 물론 나는 줄곧 상냥하고 자애로웠다. 그러면서도 나는 침대에 걸터 앉은 채 그 어느 때보다도 부드럽게 마일스의 어깨에 손을 얹 고 그를 바라보았다. 형식적으로나마 그의 행동에 대한 진실한 대답을 원하는 내 의지를 전해야 했기 때문이다.

"이제 모두 솔직하게 말해 줘야 해. 왜 밖으로 나갔지? 밖에 서 뭐 하고 있었던 거야?"

마일스는 여전히 미소를 짓고 있었다. 어둑한 새벽빛에 그의 아름다운 눈과 하얀 치아가 빛났다. "제가 말을 하면, 이해해 주실 건가요?" 이 말에 나는 심장이 철렁 내려앉았다. 정말 이유를 말해주려는 건가? 나는 차마 말이 나오지 않는 상태에서 얼굴을 찡그려가며 반복해서 고개를 끄덕였다. 내가 그러는 동안 마일스는 온화한 모습으로 마치 동화에 나오는 어린 왕자처럼 서 있었다. 그의 눈부신 아름다움에 나는 긴장이 풀리면서 안도감이 드는 것 같았다. 마일스가 나에게 말을 해 주는 것이 정말 좋은 일일까? "음," 마일스가 드디어 입을 열었다. "선생님이 이렇게 하시도록 하기 위해서였어요."

"내가 뭘 하도록 하기 위해서?"

"저를 나쁜 아이라고 생각하시게 하는 거죠! 신선한 변화를 위해서 말이에요." 이렇게 말하던 마일스의 사랑스럽고 유쾌한 음성을 잊지 못할 것이다. 그러고는 몸을 숙여 내게 키스를 하던 모습도. 그것으로 상황은 종료된 거나 다름없었다. 마일스의 키스를 받고 그를 안고 있는 잠깐 동안 나는 울컥하는 가슴을 진정시키기 위해 무진 애를 써야 했다. 그는 내게 진실을 밝히지 않으면서도 훌륭하게 자신의 행동을 나에게 납득시킨 것이다. 나는 그의 설명을 수긍하는 듯한 표정으로 방을 둘러보며 말했다.

"그런데 왜 잠옷으로 갈아입지 않았지?"

어둑한 새벽빛에도 마일스는 밝게 빛나고 있었다. "옷은 갈아입지 않았어요. 앉은 채로 책을 읽고 있었거든요."

"마당에는 언제 내려간 거지?"

"자정에요. 나쁜 아이가 되기로 마음먹으면, 저는 제대로 나쁜 아이가 되거든요!"

"알았어. 알았다고. 그렇지만 네가 나간 걸 내가 알게 될 거라고 어떻게 확신할 수 있었는데?"

"아, 플로라와 계획을 짰었거든요." 마일스는 마치 준비해 두었던 것처럼 망설임 없이 대답했다! "플로라가 일어나서 밖을 내다보기로 말이에요."

"플로라가 그래서 그렇게 했던 거구나." 함정에 빠진 것은 나였던 것이다!

"플로라가 그런 식으로 선생님의 주의를 끌었고, 선생님은 플로라가 뭘 보는지 보기 위해 내다보신 거죠. 그리고 저를 보신 거고요."

"그러는 동안 너는 차가운 밤공기를 쐬다가 죽을 뻔 했고 말이지!"

마일스의 얼굴에 생기가 돌면서 내 말에 응수를 했다. "그러지 않고 어떻게 나쁜 아이가 되겠어요?" 마일스는 이렇게 되묻고는 나를 다시 한번 껴안았다. 그것으로 우리의 면담은 마무리되었다. 그리고 나는 마일스가 그런 장난을 친 후에도 그 아이의 선함에 대한 믿음이 여전히 내 마음 속에 남아 있다는 사실을 깨달았다.

/

12

/

다음 날 아침이 되자 나는 간밤에 마일스가 잠자리에 들기 전에 내게 했던 말과 내가 받았던 그 특별한 느낌을 그로스 부인에게 전했다. 하지만 결과적으로 그 이야기는 하지 않는 편이 나았을 뻔 했다. "단 예닐곱 마디로 자기가 하고 싶은 말을 표현하더라고요." 내가 그로스 부인에게 말했다. "그걸로 상황을 깨끗이 마무리한 거예요. '내가 뭘 할 수 있는지 생각해 보세요!'라고 말이죠. 자기가 뭔가 할 수 있다는 걸 내게 보여주기 위해 그렇게 한 거죠. 마일스는 자기가 '뭘 할 수 있는지' 잘 알고 있어요. 학교에서도 아이들에게 그걸 보여준 거죠."

"맙소사! 선생님, 변하신 것 같네요!" 그로스 부인이 울먹이며 말했다.

"전 변하지 않았어요. 다만 이제 알게 되었을 뿐이에요. 모든 게 분명하게 맞아떨어지고요. 근래 두 번에 걸쳐 밤에 일어났던 일들을 부인이 직접 겪으셨다면, 플로라의 경우든 마일스의 경우든 말이에요, 그랬으면 부인도 아마 저를 이해하실 거예요. 아이들을 지켜보며 기다릴수록 아이들의 의도적인 침묵이 다른 어떤 것보다 확실한 단서라는 생각이 들더라고요. 아이들은 실수로라도 퀸트와 미스 제셀에 대해 언급하는 적이 없어요. 또한 마일스는 퇴학당한 일에 대해서도 철저하게 함구하고 있고요. 그래요, 여기 앉아서 저 애들을 지켜볼 수도 있어요. 그러면 저 애들은 마음껏 자기들의 노는 모습을 우리에게 보여주겠죠. 하지만 동화책에 빠져 있는 척하면서도 사실은 유령을 본 이야기에 열을 올리고 있을 거라고요. 마일스는 플로라에게 책을 읽어주는 게 아니에요." 나는 장담하듯 말했다. "퀸트와 미스 제셀 이야기를 하고 있어요. 무서운 이야기를 하고 있다고요! 지금 제가 미친 듯이 몰아가고 있다는 거 알아요. 사실은 정말 미치지 않은 것이 놀라울 정도죠. 내가 본 것들을 직접 경험했더라면 부인도 그랬을 거예요. 하지만 그런 일들을 겪으면서 제 머리는 더욱 명료해져요. 다른 것들까지 보이는 거죠."

하지만 그로스 부인의 눈에 비친 나의 명료함이라는 것은 누추하고 혐오스러운 것이었을 반면, 그 명료한 의식의 매력적인 피해자들은 서로의 사랑스러운 매력을 주고받으며 나의 동지인 그로스 부인의 마음을 끌어당기고 있었다. 그녀가 자기들에 대한 믿음을 놓지 않을 이유를 제공하고 있었던 것이다. 그로스 부인은 내가 열을 올리며 하는 이야기를 거스르지 않으면서도 여전히 흔들리지 않는 두 눈으로 아이들을 보듬고 있었다. "다른 것들이라면 또 뭘 보셨는데요?"

"글쎄요. 저렇게 밝고 매력적인 아이들을 보면서, 이상하게도 저는 자꾸 의구심이 들면서 마음이 복잡해지네요. 저 아이들은 이 세상 사람이라고 믿어지지 않을 만큼 아름답고, 비정상적이라 할 만큼 선해요. 너무 의도적인 것 같단 말이죠." 나는 계속 말을 이었다. "계획적인 기만 같다는 거죠!"

"저 어린 아이들이 말입니까—?"

"여전히 어리고 사랑스러운 아이들일 뿐이라고요? 네, 맞아요. 미칠 노릇이지만 사실이에요!" 그렇게 말로 꺼내놓고 나니 상황을 정리하기가 훨씬 수월해졌다. 의문의 조각들을 찾아서 제자리에 끼워 넣을 수 있었다. "아이들은 착하고 모범적이었던 게 아니라, 다른 곳에 마음을 두고 있었던 거예요. 마일스와 플로라는 예전에 그 두 남녀와 어울려 사는 게 훨씬 쉬웠을 테죠. 왜냐하면 그들은 그저 자기들 하고 싶은 대로 살기에 바빴을 테니까요. 아이들은 저의 훈육권이나 부인의 보살핌 안에 있지 않아요. 퀸트와 미스 제셀이 아이들의 정신을 차지하고 있죠!"

"퀸트와 그 여자가 말인가요?"

"맞아요. 퀸트와 그 여자. 그들은 아이들의 영혼을 차지하려는 거예요."

그러자 그로스 부인은 심상치 않은 표정으로 아이들을 뜯어보는 것 같았다! "그렇지만 무엇 때문에?"

"과거에 자기들이 아이들에게 저질렀던 사악한 일들을 다시

하고 싶은 거죠. 악마의 행위를 이어가려고 다시 온 거예요."

"맙소사!" 그로스 부인의 입에서 한숨과 함께 탄식이 흘러나왔다. 그녀의 차분하고 조용한 탄식은 그 어둠의 시간 동안 일어났던 더 나쁜 일들에 대해 내가 앞으로 제시할 증거들을 수긍하리라는 의미가 담겨 있었다. 그녀가 자신의 경험에 근거해서 시인해 준 사실들은 두 몹쓸 남녀가 저지른 추악한 행적에 대해 내가 알아낸 사실들을 무엇보다 확실하게 뒷받침해 주었다. 잠시 후 그로스 부인이 자신의 생생한 기억을 더듬어 이렇게 말해주었던 것이다. "그들은 악당이었어요! 하지만 이제 그들이 뭘 할 수 있죠?"

"뭘 할 수 있냐고요?" 내가 너무 큰 소리로 이렇게 되묻는 바람에 꽤 먼 거리에서 걸어가던 마일스와 플로라가 잠시 걸음을 멈추고 우리를 돌아보았다. "이미 충분히 하고 있지 않나요?" 아이들이 환하게 웃으며 우리에게 손 키스를 보내는 동안 내가 낮은 소리로 이렇게 말했다. 아이들은 다시 걸음을 옮기기 시작했다. 우리는 잠시 침묵을 지켰고, 잠시 후 내가 말했다. "그들은 아이들을 파멸시킬 수도 있어요!" 그러자 그로스 부인이 고개를 돌려 나를 보았다. 나에게 뭔가 묻는 듯 했지만 소리를 내지는 않았다. 더 정확한 설명이 필요할 것 같았다. "어떻게 할지는 아직 정하지 않은 것 같아요. 하지만 열심히 궁리 중이겠죠. 지금까지는 거리를 두고 떨어져서 보고 있었어요. 높은 탑 위나 지붕 위, 창문 밖, 아니면 호수 건너에서 말이죠. 하지만 그들과 아이들 중 어느 쪽이 먼저일지는 모르지만 거리를 좁히고 장애물을 넘어 다가가겠죠. 그 유혹자들이 목적을 달성하는 건 시간문제예요. 그때까지는 위험을 암시하기만 하려는 거죠."

"아이들이 다가오게 하기 위해서 말인가요?"

"그러는 과정에서 아이들을 파멸시키려는 거죠!" 그로스 부인이 천천히 자리에서 일어섰다. 나는 침착하고도 신중한 음성으로 덧붙였다.

"물론 우리가 그걸 막아야지요!"

그로스 부인은 내 앞에 선 채로 곰곰이 생각해 보더니 말했다. "아이들의 삼촌이 막아야 해요. 아이들을 데려가야지요."

"누가 그를 설득하죠?"

그러자 그로스 부인이 먼 곳에 두었던 시선을 거두어 나를 보았다. "선생님이 하셔야죠."

"이곳에 유령이 나타나며 그의 조카들이 유령에게 홀렸다는 편지를 쓰라고요?"

"만약 아이들이 정말로 그렇다면, 선생님?"

"그리고 저도 미쳤다면. 뭐 이런 뜻인가요? 그분을 걱정시키지 않는 것이 주 임무인 가정교사가 그런 소식을 전한다면 참기가 막히겠네요."

그로스 부인은 아이들에게서 시선을 떼지 않은 채 말했다. "알아요. 주인님은 걱정하는 걸 몹시 싫어하시죠. 바로 그런 이유 때문에……"

"그래서 두 악당들이 그렇게 오랫동안 그를 속일 수 있었다는 건가요? 정말 지독한 무관심이었군요. 아무튼 저는 악당이 아니니 그를 속이고 있지는 않을 거예요."

그로스 부인이 다시 자리에 앉아 내 팔을 잡았다. "주인님이 선생님에게 찾아오도록 하세요."

"저에게요?" 문득 그녀가 의도하는 바가 무엇일까에 대해 약간의 혼란이 일었다. "그를 말인가요?"

"주인님이 여기 계셔야 해요. 도와주셔야죠."

나는 벌떡 일어섰다. 아마 그 어느 때보다도 괴상한 표정을 짓고 있었을 것이다. "정말 제가 그에게 방문을 부탁할 거라고 생각하세요?" 내 얼굴을 바라보는 그녀의 눈빛은 내가 절대로 그러지 않을 것임을 알아차리는 것 같았다. 여자의 마음은 여자가 안다는 말이 있듯이, 그녀는 내 머릿속에 지나가는 생각들을 읽고 있는 것 같았다. 내가 그런 편지를 쓰면 그는 내가 혼자 남겨진 듯한 이 생활을 견뎌내지 못하고 있으며, 미천한 나의 매력을 이용하여 그의 관심을 끌기 위해 수작을 부리는 거라고 생각할 것이다. 그리고 그런 나를 비웃을 것이며, 동시에 흥미로워할 것이며, 경멸할 것이 분명하다. 그로스 부인은 모른다. 아니, 아무도 모른다. 내가 그와의 약속을 지킴으로서 그에게 도움이 되고 있다는 사실을 내가 얼마나 자랑스럽게 생각하는지. 그럼에도 불구하고, 나는 경고하듯이 그로스 부인에게 내 의사를 전했고, 그녀는 충분히 알아듣는 것 같았다. "만약 부인이 잘못 판단해서 저 대신 그분에게……"

그로스 부인은 기절초풍을 하며 물었다. "제가 만약 그렇게 한다면요?"

"저는 바로 이곳을 떠날 거예요. 그분도 부인도 모두 말이
에요."

/

13

/

　아이들과 어울리는 데는 아무 문제가 없었다. 하지만 대화를
하는 데는 노력이 필요했고, 비좁은 공간에 함께 있을 때면 감
당하기 벅찰 만큼 어렵고 힘이 들었다. 그런 상황이 한 달 정
도 지속되는 동안 아이들은 소소하지만 새로운 도발을 했고,
점점 두드러지게 냉소적인 태도를 보였다. 그건 단지 내가 그렇
게 상상을 해서 그런 것이 아니었는데, 그 점에 대해서는 그때
나 지금이나 확신할 수 있다. 아이들은 내가 직면하고 있는 곤
경을 인지하고 있었으며, 그러한 기이한 상황이 오래 계속되
면서 나와 아이들이 함께 하는 시간에 긴장이 감돌기 시작했
던 것이다. 아이들이 나를 조롱했다거나 저속한 행동을 했다
는 뜻은 아니다. 그건 아이들의 심성에 들어 있지 않았으니까.
다만 아이들과 나 사이에 존재하는 꼭 집어 낼 수도 건드릴 수
도 없는 무엇인가가 점점 더 커지는 것 같았고, 그것을 자연스
럽게 무시하고 지내기 위해서는 어느덧 나와 아이들 사이에 암

묵적인 합의가 이루어진 것 같은 느낌이 들었던 것이다. 아이들과 대화를 하다보면 반복해서 어느 특정 화제에 다가가게 되었는데, 그때마다 아이들은 갑자기 대화를 끊거나 느닷없이 다른 이야기를 꺼내곤 했다. 그러고는 마치 아무 생각도 없는 것처럼 부주의하게 꺼내놓았던 대화의 문을 쾅 소리가 나도록 닫았다. 그 어색함은 늘 예상했던 것보다 강렬했기 때문에 우리는 약간 어리둥절해져서 서로를 마주보곤 했다. 하지만 모든 길은 로마로 통한다는 말처럼 우리가 공부하는 내용이나 나누는 대화들은 호시탐탐 그 금지된 영역을 아슬아슬하게 비껴갔다. 금지된 영역이란 바로 죽은 사람이 돌아오는 것에 관한 궁금증 같은 거였는데, 특히 아이들의 기억 속에 옛 친구로 남아 있을 두 남녀에 관한 이야기였다. 내가 분명히 기억하건대 가끔 두 아이 중 하나가 자기 오빠나 동생을 팔꿈치로 살짝 치면서 이렇게 말하기도 했다. "선생님이 이번에는 꼭 하겠다고 생각하겠지만, 못하실 거야!" 여기서 '한다'는 표현은 나의 훈육에 간섭하기 시작한 그 여자의 유령에 대해서 내가 한 번쯤은 직접적인 언급을 할 것이라는 뜻이다. 아이들은 나의 지난날에 대해 늘 궁금해 했고 재미있어 했기 때문에 나는 아이들을 즐겁게 해 주기 위해 자주 내 이야기를 해 주었다. 그러다 보니 아이들은 내게 일어났던 모든 일, 내가 소유했던 물건, 자라온 환경은 물론 고향집에 있는 형제자매와 고양이, 개에 관한 소소한 사건들까지 속속들이 알게 되었다. 변덕스러운 아버지에 관한 일화들, 집에 놓여 있던 가구들의 배치, 이웃 노파들이 나누는 이야기들까지 이야기의 전개 속도를 적절히 조절하면서 피해가야 할 대목들을 자연스럽게 넘어가는 감각만 있으면 이야깃거리는 얼마든지 있었다. 아이들은 요령껏 나의 창작과 기억의 단초를 잡아당겼다. 훗날 그 때를 되돌아보면 내 마음 속에는 늘 보이지 않는 존재가 우리를 지켜보고 있는 듯한 의혹이 자리 잡고 있었던 것 같다. 어떤 경우에도 편안하게 꺼낼 수 있는 화제는 나의 삶이나 지난날의 이야기, 내 친구들의 이야기들이었다. 그러다 보니 때때로 아이들은 상황이 좀 어색하다 싶으면 예의에 벗어나지 않는 한도 내에서 내가 그런 이야기들을 하도록 유도했다. 그럴 때면 나는 구디 고슬링의 어록들을 뒤풀이해서 들려주거나, 목사관에 살던 조랑말의 영리함에 대한 이야기를 세세하게 반복하기도 했다.

이러한 시간들을 지나면서, 그리고 또 다른 계기들을 지나면서 나의 곤혹스러운 상황은 점점 더 구체적으로 그 양상을 드러냈다. 유령을 다시 보는 일 없이 꽤 오랜 시간이 지나는 동안 예민했던 나의 신경도 마땅히 안정이 되었어야 했다. 이층 난간에서 계단 아래 앉아 있는 제셀의 유령을 살짝 본 후로는, 집 안에서도 밖에서도 그들을 보지 못했으니까. 그렇다고 해도 퀸트의 유령과 마주칠 법한 모퉁이와 후미진 공간들은 얼마든지 있었고, 제셀이 등장할 듯 사악한 기운이 감도는 상황들도 종종 있었다. 점점 물러가던 여름이 아주 떠나고 블라이에 가을이 찾아왔다. 가을바람에 집 안팎의 등불이 반쯤 꺼진 듯 집은 한결 어두워졌다. 회색 하늘 아래 시들은 꽃장식과 메마른 낙엽들. 그 가운데 우뚝 서 있는 황량한 블라이는 마치 공연이 끝난 후 여기저기 구겨진 공연 프로그램들이 나뒹구는 극장 같았다. 고요가 감도는 공기, 그 속에 들려오는 자연의 소리에는 말로 표현할 수는 없지만 그 순간만의 특별한 느낌이 있었다. 정원을 산책하다가 퀸트의 유령을 처음 목격했던 6월의 어느 저녁, 그리고 그 후 몇 번에 걸친 두 유령과의 조우를 떠올리게 하는 영매의 기운이었다. 그 기운을 느꼈을 때 창문을 통해 안을 들여다보는 퀸트를 보았고, 관목들 사이로 그를 찾기 위해 두리번거렸으나 놓치고 말았다. 나는 이제 그 징후들을 알아차릴 수 있었다. 그들이 나타날 수 있는 순간과 장소를 알고 있었다. 하지만 그 순간 그 장소에 유령은 나타나지 않았고, 나 역시 공포에서 놓여날 수 있었다. 젊은 여자의 예민한 이성이 수그러들기보다 오히려 깊어지는 것을 공포의 예감으로 보지 않는다면 말이다. 그로스 부인에게 호숫가에서 제셀의 유령을 보았던 이야기를 할 때, 나는 그 순간 이후로 유령을 볼 수 있는 나의 능력 때문에 고민하기보다는 그것을 잃을까 봐 고민할 것 같다고 해서 그녀를 당혹스럽게 만든 적이 있었다. 하지만 그때 내가 했던 말은 진심이었다. 아이들이 정말로 유령을 보는지 보지 못하는지 확인된 바는 없지만, 어떤 경우든 나는 그 아이들의 보호자로서 그들의 경험에 전적으로 동참해야 한다고 생각했기 때문이다. 알아야 할 것이라면 최악의 진실까지도 직면할 준비가 되어 있었다. 그러나 당시 내가 느꼈던 것은 아이들의 눈은 활짝 뜨여 있는데 반해 나의 눈은 감겨 있는 것 같은 몹시 언짢은 직감이었다. 흉측하고 섬뜩한 유령을 보는 눈이 감겨 있었던 것에 대해서는 마땅히 신께 감사해야 할 것이며, 그렇게 하지 않는 것은 신성모독처럼 보일 수도 있겠다. 만약 내 눈이 감기는 것에 비례하여 제자들의 비밀을 알아차리는 능력도 함께 둔해졌더라면 나는 온 마음을 다해 신께 감사했을 것이다.

나의 강박증이 심화되어 가던 그 기이한 과정을 지금 어떻게 모두 되짚어갈 수 있겠는가? 가끔 아이들과 함께 있다 보면 섬뜩한 방문자의 존재를 감지할 수 있는 나의 감각은 닫힌 채, 아이들은 그들을 알아보며 반겨 맞이하고 있다는 확신이 들 때가 있었다. 하지만 내가 격앙된 감정을 터트리며 자신만만하게 그들의 방문을 아는 체하지 못했던 것은 그렇게 했을 때의 피해가 그 상황을 모른 척했을 때의 피해보다 클 것이라는 계산 때문이었다. "그들이 왔구나, 그들이 왔어. 이 가련한 어린 것들아." 아마 나는 이렇게 외치고 싶었는지도 모른다. "너희는 이제 그걸 부정할 수 없어!" 하지만 아이들은 냇물에서 헤엄치는 물고기처럼 헛된 우쭐거림을 훤히 들여다보이며 더욱 상냥하고 부드럽게 그것을 부인했다. 사실 내가 퀸트나 제셀의 유령이 있으리라 예상하며 창밖을 내다보았다가 마일스를 발견하던 날 밤의 충격은 내가 생각했던 것보다 깊이 내 안에 자리 잡았다. 마일스가 잠자리에 드는 것을 직접 확인했던 나는 얼마 후 마당에서 그 아이를 발견하고 바로 데리고 들어왔는데, 그날 마일스는 나를 향해 돌아서서 내가 있는 방 위쪽에 있는 흉벽을 바라보고 있었고, 흉측한 퀸트의 유령은 그러한 아이의 영혼을 조종하고 있었던 것이다. 무서웠던 걸로 따지자면 마일스를 발견하던 그 순간이 그 어느 때보다 무서웠다. 그때 두려움을 느끼면서 나는 아이들을 보호해야 한다는 결론에 도달했던 것이다.

그 후로 나는 문득 문득 내가 도달한 결론 때문에 두려움이 일 때면 혼자 방 안에서 문을 걸어 잠그고 내가 취해야 할 행동들을 소리 내서 읊조려보곤 했는데, 그러면 신기할 정도로 마음이 안정되면서 동시에 새로운 절망감이 찾아들곤 했다. 나는 방 안에서 이런저런 방식으로 마음을 정리하려고 애쓰며 몸부림치다가, 결국은 흉측한 욕설을 내뱉곤 했다. 그리고 욕설이 내 입술에서 잦아드는 동안 나는 유령들의 이름을 말함으로써 그들의 사악한 모습이 아이들 앞에 드러나 보일 수 있게 해야 한다고 중얼거렸다. 그것이 가정의 학습실에서 지켜져야 하는 기본적인 규범을 위반하는 아주 드문 경우가 된다 하더라도 말이다. 나는 스스로에게 이렇게 쏘아붙였다. "그들은 침묵을 지키고 있는데 정작 신임을 받고 있는 너는 그들의 이름을 입에 담는 비열한 짓을 하는구나!" 나는 얼굴이 빨갛게 상기되는 것을 느끼며 두 손으로 가렸다. 이렇게 남모르는 장면을 연출하고 나면 나는 더 수다스러워졌다. 한참 그러다 보면 손에 만져질 듯 선명하고도 깊은 침묵의 시간이 찾아왔다. 달리 그것을 어떻게 표현해야 할지 모르겠다. 모든 삶이 멈춰 버린 것 같은 고요 속으로 들어 올려지는 것 같기도 하고 그

속을 헤엄쳐 다니는 것 같기도 한 이상한 어지러움. (적절한 말이 떠오르지 않는다!) 우리가 만들어내고, 들을 수 있었던 소리들. 기쁨에 들뜬 환호 소리, 책 읽는 소리, 피아노의 선율 등과는 무관한 다른 세계의 정적이었다. 그러고 나면 어느새 타인들, 즉 외부인들이 함께 있었다. 천사와 같은 선한 존재는 아닌, 프랑스인들의 표현을 빌리면 '이승을 떠난 자들'이었다. 그들의 존재를 가까이 느끼는 동안 나는 그들이 아이들을 표적으로 삼아 나에게 전했던 것보다 더 섬뜩한 지옥의 메시지나 생생한 이미지를 전할 수도 있다는 두려움으로 전율했다.

가장 떨쳐내기가 힘들었던 것은 내가 무엇을 보든 마일스와 플로라는 더 나쁜 것을 볼 것이라는 잔혹한 예감이었다. 과거에 이어졌던 불온한 관계에 뿌리를 둔 끔찍하고 예측 불가능한 것들을 말이다. 그런 생각을 하면 온몸에 소름이 끼쳤는데 나도 아이들도 적어도 겉으로는 그러한 예감이나 느낌을 드러내지 않았다. 우리 세 사람은 기가 막힌 훈련을 반복하면서 거의 자동으로 어색해진 분위기를 전환하기 위한 행동을 취하곤 했다. 아이들은 느닷없이 나에게 키스를 한다든지, 그런 순간들에 유용하게 사용되었던 질문들을 해서 내 주의를 환기시켰다. "그 분은 언제쯤 오실 것 같아요? 우리가 편지를 써야 하지 않을까요?" 그동안의 경험으로 볼 때 이런 유의 질문만큼 어색한 분위기를 호전시키는 장치도 없었다. 여기서 '그 분'이란 할리가에 있는 아이들의 삼촌을 말했는데, 우리는 언젠가 그가 와서 우리와 어울려 지낼 것이라는 가정을 하고 있었던 것이다.

그가 실제로 아이들의 믿음을 뒷받침해 준 적은 없지만, 그런 믿음마저 없었더라면 서로에게 최선의 모습을 보여주려는 우리의 노력은 지속되지 못했을 것이다. 그는 아이들에게 한 번도 편지를 쓰지 않았다. 그것은 몹시 이기적인 처사였지만, 한편으로는 나를 믿고 있다는 무언의 칭찬 같기도 했다. 그가 자신의 안락함을 마치 축제처럼 마음껏 누리는 것이 나에 대한 최고의 경의의 표시처럼 느껴졌던 것이다. 나는 그에게 내 문제를 호소하지 않겠다는 서약을 지키기 위해 아이들에게도 그 편지는 작문 연습일 뿐임을 이해시켰다. 그 편지들은 부치기 아까울 정도로 아름다웠고, 지금까지 모두 내가 간직하고 있다. 그러다 보니 그가 언젠가 내려와서 우리와 함께 지낼 것이라는 가정은 아이들이 나를 난처하게 만들고자 할 때 써먹는 냉소적인 화두로 굳어져버렸다. 그 이야기를 할 때 내가 그 어느 때보다도 난처해 한다는 것을 정확히 알고 있었던 것이다. 지금 생각해도 감탄스러운 것은 나의 긴장감과 아이들의 의기양양함에도 불구하고 나는 단 한 번도 아이들 앞에서 인내심을 잃은 적이 없었다는 사실이다. 그 때 내가 아이들에 대해 조금도 미운 감정을 가지지 않았던 것만 봐도 그들이 얼마나 사랑스러운 아이들이었는지 알 수 있다! 구원의 손길이 조금만 더 늦게 왔더라면, 내가 자제력을 잃고 분노를 표출했을까? 하지만 구원의 손길이 도착했으므로 그런 건 중요하지 않았다. 팽팽하게 당겨진 줄을 딱 끊거나, 숨이 막힐 듯한 더위에 쏟아지는 폭풍우처럼 느닷없이 맞닥뜨린 일이지만 나는 그것을 구원이라고 부르겠다. 적어도 그것은 변화였고, 순식간에 일어났다.

/

14

/

어느 일요일 아침, 우리는 걸어서 교회에 가고 있었다. 내 옆에는 마일스가 있었고 플로라는 우리 앞에서 그로스 부인과 나란히 가고 있었다. 오랜만에 날씨가 화창했다. 밤새 서리가 내렸고 맑고 쌀쌀한 가을 공기 속으로 울려 퍼지는 교회 종소리가 경쾌한 느낌마저 들게 했다. 그런 순간에 그런 생각이 들었다는 것은 감사하면서도 신기한 일인데, 나는 문득 아이들의 순종적인 태도에 대해 생각해 보게 되었다. 왜 아이들은 내가 숨 쉴 틈도 주지 않고 늘 곁에 붙잡아 두려고 하는 것에 대해 한 번도 불만을 표시하지 않을까? 그날도 이런저런 이유로 해서 불안해진 나는 마일스를 옷핀으로 내 솔에다 집어놓기라도 한 듯 바싹 끌어당기고, 그로스 부인과 플로라는 감시하듯 앞세우고 가고 있었으므로 누가 보았으면 마치 반란의 위험에 대비해 잔뜩 경계 태세를 취하고 걷는 사람들처럼 보였을 것이다. 나는 마치 죄수들의 난동이나 탈출에 대비하는 간수 같았다. 하지만 아이들이 보여주는 놀라운 순종은 사실 진위를 가릴 수 없는 사실들을 감추고자 하는 눈속임이었다. 마일스는 일요일 외출을 위해 삼촌의 재봉사가 만들어준 조끼를 입고 있었다. 어린 도련님에게 어울리는 멋진 조끼에 대한 안목을 가지고 있는 재봉사가 재량껏 만들어준 조끼를 입고 있는 마일스는 그 나이 또래의 남자 아이 다운 씩씩함과 독립적인 권위가 확연히 돋보여서 갑자기 자유를 외치며 반란이라도 일으킨다면 나는 속수무책으로 당하고 말 것 같았다. 문득 정말로 반란이 일어난다면 어떻게 대처할 것인지 생각해 보았다. 내가 반란이라는 표현을 쓰는 이유는 마일스가 잠시 후 나에게 하는 말투로 미루어볼 때 내가 두려워하는 끔찍한 드라마의 마지막 장이 시작되었으며, 이제 곧 재앙이 올 것임을 예감할 수 있었기 때문이다. "저기 말인데요, 선생님," 마일스가 매력적인 음성으로 물었다. "저는 언제쯤 다시 학교를 다니게 되는 거예요?"

여기 이렇게 적고 보니 전혀 이상하게 들리지 않는다. 만약 그가 상냥하고 고운 음성으로 가볍게 말했다면 정말 아무렇지도 않았을 것이다. 하지만 마일스는 자기의 가정교사에게, 아무런 억양도 넣지 않은 건조한 어조로 마치 장미다발을 던지듯 말했던 것이다. 그의 말에는 사람의 마음을 '붙잡는' 뭔가가 있었고, 이번에는 너무 강렬하게 붙잡히는 바람에 나는 마치 공원의 나무들 하나가 쓰러져 길을 가로막고 있기라도 한 것처럼 그 자리에 멈춰 섰다. 그 순간 우리 사이에 뭔가 새로운 것이 끼어들었고, 마일스는 내가 그것을 알아차렸다는 걸 알고 있었다. 하지만 그런 상황을 툭하고 던져 놓은 마일스 자신은 천진한 매력을 조금도 손상시키지 않고 있었다. 내가 느끼기에 마일스는 이미 자기가 기득권을 쥐고 있다는 사실을 간파하고 있었다. 나는 그의 의도를 알아차리는데 너무 느렸고, 마일스는 충분한 시간을 가진 후 설득력 있는, 그러나 결정적이지는 않은 미소를 지어 보이며 말했다. "있잖아요, 사랑하는 선생님, 남자가 항상 숙녀님하고만 지내고 있잖아요!" 마일스는 언제나 나를 '사랑하는 선생님'이라고 불렀는데, 그 익숙한 달콤함 속에는 내가 제자들에게 심어주고 싶은 정서가 다른 어느 말 보다 듬뿍 담겨 있었다. 공손하면서도 자연스러웠다.

아무튼 마일스의 물음에 답변할 말을 생각해야 했다! 우선 시간을 벌기 위해 웃음을 지어보이며 마일스의 아름다운 얼굴을 바라보았다. 마일스는 몹시 흉하고 괴상한 대상을 바라보는 눈빛으로 나를 보고 있었다. "그것도 늘 똑같은 여자랑 말이지?" 내가 말을 받았다. 마일스는 놀라지도 눈을 찡긋거리지도 않았다. 우리 사이에 있는 모든 것이 그대로 드러난 순간이었다. "네. 그렇지만 그 분은 아주 명랑하고 상냥한, '완벽한' 숙녀분이시죠. 하지만 어쨌든 저는 남자잖아요. 선생님도 아시죠? 제가 점점 남자가 되어 가고 있다는 거 말이에요."

그 대목에서 나는 아주 자상한 음성으로 대답했다. "맞아, 너는 남자가 되어 가고 있어." 하지만 그 순간 나를 엄습했던 무력감!

마일스가 나의 그런 마음을 알아차렸으며 그걸 즐기고 있다는 사실을 생각하니 가슴이 예리하게 아파왔다. 지금도 그때의 느낌이 생생하다.

"선생님도 제가 아주 모범적인 아이라는 걸 부정하지는 않으실 거예요, 그렇지요?" 나는 마일스의 어깨에 손을 얹었다. 다시 걷기 시작했으면 좋겠다는 생각이 간절했음에도 걸음을 옮길 기운조차 없었다. "네 말이 맞아, 마일스. 부정하지 않아."

"딱 한 번, 며칠 전 밤에 있었던 일만은 예외였지만요. 언제를 말하는지는 아실 거예요!"

"아, 그날 밤 말이야?" 그는 나를 똑바로 보고 있는데, 나는 그럴 수가 없었다. "네, 제가 밤중에 집 밖에 나갔던 날 말이에요."

"그래, 맞아. 그런데 네가 왜 그랬는지는 잊어버렸네."

"잊으셨다고요?" 마일스가 섭섭하다는 듯, 그러나 어린아이다운 귀여움을 담아 호들갑스럽게 말했다. "맙소사. 선생님에게 내가 할 수 있다는 걸 보여주고 싶어서 그랬단 말이에요!"

"그래, 알아. 그리고 넌 할 수 있었어."

"또다시 할 수도 있어요."

그제야 나는 정신이 제대로 돌아오는 것 같았다. "물론 할 수 있겠지. 하지만 그런 일은 없을 거야."

"아니, 그걸 다시 하지는 않죠. 그건 아무것도 아니었어요."

"그래, 아무것도 아니었어." 내가 말했다. "이제 어서 가자."

마일스는 내 팔에 팔짱을 끼더니 다시 걷기 시작했다. "그럼 언제 다시 학교에 가게 돼요?" 이 질문에 나는 진지한 표정으로 되물었다. "학교생활이 즐거웠니?"

마일스는 잠깐 생각해 보더니 대답했다. "저는 어디서든 행복해요!"

"그렇다면," 내가 떨리는 음성으로 말했다. "집에서도 행복할 수 있잖아!"

"아, 그렇지만 그것만 중요한 게 아니니까요! 물론 선생님은 아시는 게 정말 많으시지요. 하지만……."

"그렇지만 너도 나 못지않게 아는 게 많다는 이야기를 비치지 않았던가?" 마일스가 잠시 말을 멈춘 동안 슬쩍 이렇게 떠보았다.

"그래봐야 알고 싶은 것의 반도 안 돼요!" 마일스가 솔직하게 말했다. "하지만 그것 때문만은 아니에요."

"그럼 무엇 때문인데?"

"좀 더 넓은 세계를 보고 싶어서예요."

"그렇구나. 알겠다." 교회가 보이는 곳까지 왔다. 교회로 향하는 사람들 틈에 블라이 식구들도 보였는데 우리가 오는 것을 보더니 문 앞에 모여 서서 우리가 들어가도록 비켜주었다. 나는 걸음을 재촉했다. 마일스와의 대화가 더 이상 진전되기 전에 예배당 안에 들어가야 할 것 같았다. 예배가 진행되는 한 시간 동안은 마일스가 조용히 있을 수밖에 없다는 사실만 열심히 생각하면서 걸었다. 예배당 안의 어둑한 벤치와 무릎 방석에 꿇어앉으면 영적인 구원의 손길에 기댈 수 있을 것이다. 한시라도 그곳에 빨리 닿고 싶은 마음이 간절했다. 나를 혼란의 궁지로 몰아넣으려는 마일스와 그야말로 경주를 하는 기분이었다. 하지만 나보다 한 발 앞선 마일스는 교회 마당에 들어서기 전에 내게 이렇게 외쳤다.

"나와 같은 부류의 아이들과 어울리고 싶다고요!"

나는 여전히 앞을 향해 걸으며 대꾸했다. "너와 같은 부류는 그렇게 많지 않아, 마일스!" 나는 웃음을 섞어 가며 말을 이었다. "있다면 너의 사랑스러운 동생 플로라 정도겠지!"

"선생님은 정말 저를 어린 여동생과 같이 취급하시는 거예요?"

이 말에 나는 다시 마음이 약해지고 말았다. "너는 플로라를 사랑하지 않니?"

"제가 플로라와 선생님을 사랑하지 않았다면……!" 마일스는 점프라도 하려는 듯이 뒷걸음질을 치면서 이렇게 되뇌었지만 더 이상 말을 이어가지는 못했다. 그러다가 교회 정문을 들어서면서 팔로 나를 잡아 멈춰 세웠다. 그로스 부인과 플로라는 먼저 예배당 안으로 들어가고, 다른 신도들도 그 뒤를 이었다. 오래된 무덤들 사이에 마일스와 나만 남게 되었다. 우리는 예배당으로 가는 길목에 놓인, 테이블처럼 낮고 넓은 무덤 옆에 서 있었다.

"말해보렴. 사랑하지 않았다면……?"

내가 대답을 기다리는 동안 마일스는 나를 잠시 바라보다가 말했다. "음, 선생님도 아시잖아요!" 마일스는 그 자리에서 꼼짝도 하지 않으면서 말 한마디로 나를 무덤의 석판 위에 주저앉혔다. "저희 삼촌도 선생님과 생각이 같으신가요?"

나는 석판 위에 앉아 몸을 추스르며 물었다. "내가 뭘 생각하는지 네가 어떻게 아는데?" "아, 물론 저는 모르죠. 한 번도 말씀하신 적이 없으니까요. 하지만 삼촌이 선생님의 생각을 알고 계시는지 묻는 거예요."

"뭘 말하는 거지, 마일스?"

"제가 이렇게 지내는 거 말이에요."

나는 순간적으로 내 고용주의 이미지에 어느 정도 타격을 주지 않고는 이 질문에 대답을 할 수 없다는 사실을 알아차렸다. 하지만 블라이에 사는 우리 모두가 어느 만큼은 희생을 감수하고 있다고 볼 수 있었으므로 그에게 돌아가는 그 정도의 타격은 묵과할 수 있다는 판단이 들었다. "내가 보기에 너희 삼촌은 크게 신경 쓰지 않는 것 같은데."

그러자 마일스가 그 자리에 선 채로 나를 보며 물었다. "그렇다면 삼촌이 신경을 쓰도록 만들 방법이 없다고 생각하세요?"

"어떻게?"

"여기 내려오시게 하는 거죠."

"누가 삼촌을 내려오게 할 건데?"

"제가 하죠." 마일스는 유난히 밝은 음성으로 힘을 주어 말했다. 마일스는 의기양양한 표정으로 다시 한번 내 눈을 똑바로 바라보고는 혼자서 씩씩하게 걸어 예배당 안으로 들어갔다.

/

15

/

내가 마일스를 따라 들어가지 않음으로써 상황은 사실상 종료되었다. 결국은 내가 마음의 동요를 이겨내지 못해서 지고 만 것이지만, 그걸 안다고 해도 기운을 되찾을 수는 없었다. 나는 무덤의 석판 위에 앉아서 마일스가 한 말의 의미를 곱씹어 보았다. 그리고 그 의미를 파악했을 때쯤엔 예배에 참석하지 못한 것에 대해서도 제자들과 다른 신도들이 보는 데 늦게 들어가는 것이 민망할 것 같아서 들어가지 못했다는 핑계를 생각해 놓고 있었다. 하지만 무엇보다도 나 혼자 든 생각은 마일스가 내 안에서 뭔가를 끄집어냈으며 내가 이렇게 주저앉아 있는 것은 그것을 증명해 주는 셈이라는 것이었다. 마일스는 내가 무엇을 두려워하는지 알고 있었으며, 나로부터 자유로워지기 위해 그것을 사용할 수도 있었다. 내가 두려운 것은 마일스가 퇴학을 당하게 된 이유와 근본적인 원인을 규명하기 위해 차마 하기 힘든 질문들을 해야 하는 상황에 맞닥뜨리는 것이었으며, 그 속에 웅크리고 있는 섬뜩한 공포의 정체를 들추는 것이었다. 마일스의 삼촌이 와서 이러한 문제들을 처리한다면, 솔직하게 말해서 나는 더 바랄 것이 없을 것 같았다. 하지만 그렇게 하는 과정에서 감내해야 하는 차마 겪기 힘든 상황과 고통을 마주하고 싶지 않아서 차일피일 미뤄가면서 하루하루 지내고 있었던 것이다. 마일스는 깊이 흔들리고 있는 나를 향해 자기가 할 수 있는 말을 한 것이다. "나의 학교 교육이 이어지지 못하고 있는 이 상황을 선생님이 나의 보호자와 이야기해서 해결하세요. 저는 더 이상 선생님의 훈육을 따르며 남자아이에게 적합하다고 볼 수 없는 이 생활을 계속할 수 없습니다." 하지만 아무리 생각해도 이렇게 불쑥 자신의 생각과 계획을 말해버리는 것은 내가 알고 있는 마일스답지가 않았다.

바로 그 점이 나를 제압했고, 예배당 안으로 들어가지 못하게 하고 있었던 것이다. 나는 서성이고 망설이면서 예배당 주변을 걸었다. 지금 생각해 보면 나는 그때 이미 회복 불가능한 상처를 입었던 것 같다. 쉽게 그 상처를 싸맬 수가 없었고, 예배당 안으로 들어가 마일스 옆 자리에 끼어 앉는 것은 더더욱 할 수가 없을 것 같았다. 마일스는 자신 있게 내 팔을 잡아당겨 한 시간 동안 옆에 앉혀 놓고 우리가 방금 나눈 대화에서 그가 한 말들을 곱씹게 할 것이다. 마일스가 집에 온 후로 처음 나는 그에게서 멀어지고 싶었다. 동쪽에 나 있는 높은 창문 앞에 서서 예배드리는 소리에 귀를 기울여보았다. 순간적으로 바람직하지 못한 해결 방법을 선택하고 싶은 충동이 일었다. 이곳을 떠남으로써 이 모든 곤경을 끝내면 어떨까 하는. 지금이 기회였다. 아무도 나를 막지 못할 것이다. 모든 것을 내려놓고 돌아서서 가버리는 것이다. 하인들 대부분이 예배에 참여하고 있어 집은 거의 비어 있을 것이다. 지금 집으로 가서 간단한 짐을 챙기면 된다. 그리고 서둘러 떠난다고 해도 나를 비난할 사람은 없다. 저녁 시간까지 떨어져 있는 게 무슨 소용이 있겠는가? 그래봐야 고작 한두 시간일 테고, 그러고 나면 나의 어린 제자들은 순진무구한 호기심을 반짝이며 왜 내가 뒤따라 들어오지 않았는지 듣고 싶어 할 것이다.

"무슨 나쁜 짓을 하고 있었던 건가요, 장난꾸러기 선생님? 왜 우리를 그렇게 걱정시키세요? 예배에 집중할 수가 없었잖아요. 그럴 줄 모르셨어요? 바로 문 앞에서 우리를 두고 사라져 버리시다니요." 이런 질문들을 감당하는 것도 난감한 일이겠지만, 그 질문을 하는 아이들의 눈에 담긴 가식적인 애정을 마주하는 것도 견디기 힘들 것 같았다. 하지만 그런 상황에 처하게 될 것은 불을 보듯 뻔했고, 점점 그런 생각에 빠져들던 나는 결국 마음이 시키는 대로 하고 말았다.

우선은 급한 대로 교회 마당을 빠져나왔다. 그리고 가던 길을 되돌아 공원을 지나면서 열심히 생각해 보았다. 그리고 집에 도착했을 즈음에는 도망치기로 마음을 굳혔던 것 같다. 진입로에도 집 안에도 일요일의 고요만이 감돌뿐 아무도 보이지 않았다. 지금이 바로 기회라는 생각이 들었다. 서둘러 떠난다면 곤란한 상황이나 작별 인사 같은 것을 피할 수 있을 테니까. 하지만 아무리 간단하고 신속하게 준비를 한다고 해도, 교통편을 마련하는 것이 문제였다. 복도에서 복잡한 심정으로 고민하다가 맨 아래 계단에 주저앉는데 갑자기 머리끝이 섬뜩했다. 한 달 전쯤 한 밤중에 바로 거기 웅크리고 앉아 있는 그 사악한 여자 유령을 보았던 기억이 떠오른 것이다. 나는 경직된 자세로 꼿꼿이 몸을 세운 채 계단을 올라 아이들의 공부방으로 갔다. 그 방에서 몇 가지 챙겨야 할 것들이 있었기 때문이다. 하지만 문을 여는 순간 눈이 번쩍 뜨였다. 그리고 눈앞에 보이는 것을 거부하려는 듯 뒷걸음질을 쳤다.

정오의 햇살이 비치는 내 책상에 누군가 앉아 있었던 것이다. 처음에는 집에 남아 있던 하녀들 중 하나인 줄 알았다. 모처럼 쉬는 시간에 공부방에 들어와 내 펜과 잉크, 종이들을 구경하다가 애인에게 편지를 써 보고 싶어졌을 수도 있으니까. 그녀는 팔을 책상 위에 올려놓고 힘없이 늘어진 손으로 머리를 받치고 있었다. 다음 순간 이미 감지되고 있던 한 가지 특이점에 초점이 맞추어졌다. 내가 들어왔음에도 그녀가 전혀 움직이거나 동요하지 않는다는 사실이었다. 그러다가 마치 자신의 존재를 알리려는 듯 그녀가 자세를 바꾸었을 때, 나는 그녀를 똑똑히 알아볼 수 있었다. 그녀가 자리에서 일어섰던 것이다. 하지만 내가 들어오는 소리를 들어서가 아니라 뭔가 깊은 슬픔에 싸인 채로, 넋이 나간 듯 무심한 동작이었다. 그렇게 나는 열두 걸음 정도 앞에 섬뜩한 모습을 한 나의 사악한 전임자를 마주하게 된 것이었다. 그녀는 오명과 불행을 뒤집어 쓴 모습으로 내 앞에 서 있었다. 하지만 내가 시선을 고정시키고 그녀의 모습을 기억해두려고 애쓰는 동안 그녀는 사라져버렸다. 밤처럼 까만 드레스를 입고 수척한 아름다움에 형언할 수 없는 슬픈 모습을 한 그녀는 오랫동안 나를 응시했었다. 마치 내가 그녀의 책상에 앉을 수 있는 것만큼이나 자기도 당당하게 내 책상에 앉을 수 있는 권리가 있다고 말하려는 듯이. 그녀와 마주하고 있으려니 '지금 침입자는 바로 내가 아닐까'하는 생각이 머리를 스치면서 온몸에 소름이 끼쳤다. 그런 생각에 대한 반발로 나는 그녀를 향해 외쳤다. "이 끔찍하고 비천한 여자야!" 내 음성이 열려진 문을 통해 텅 빈 집 안에 울려 퍼졌다. 그녀는 마치 내 외침을 들은 것처럼 나를 돌아보았다. 나는 정신을 똑바로 차리고 주의를 환기시켰다. 다음 순간 그녀의 모습은 사라지고 방 안에는 환한 햇살뿐이었다. 그리고 내 마음속에는 떠날 수 없다는 새로운 다짐이 싹텄다.

/
16
/

　아이들이 돌아오면 내가 예배에 들어가지 않은 것에 대해 떠들썩하게 항의할 것이라고 예상하고 있었던 나는 아이들이 그에 대해 별 언급을 하지 않자 오히려 새삼 섭섭해지려고 했다. 나 혼자 집으로 돌아온 것에 대해 장난스럽게 나를 비난하며 어루만지는 대신, 아예 아무런 언급도 하지 않는 것이었다. 게다가 그로스 부인마저 아무 말이 없었으므로 나는 잠시 그녀의 안색을 살펴야 했다. 아이들이 그녀를 회유해서 입을 다물고 있도록 한 것이 분명했다. 하지만 그건 그녀와 단 둘이 있게 되는 기회가 왔을 때 타진해 보면 될 일이었고, 그 기회는 티타임이 되기 전에 찾아왔다. 저녁 무렵 5분 정도 시간을 내서 관리인실에서 그녀와 만났던 것이다. 갓 구운 빵 냄새가 가득한 말끔하게 정리된 방이었다. 그녀는 고통을 삭이는 듯한 표정으로 차분히 난롯가에 앉아 있었다. 그것은 내가 지금도 기억하는 그녀의 가장 그녀다운 모습이었다. 어스름한 저녁 빛에 말끔하게 빛나는 방에서 등받이가 수직으로 서 있는 딱딱한 의자에 앉아 불꽃을 마주 보고 있는 그녀는 커다랗고 깨끗한 '장롱' 같은 이미지였다. 서랍을 닫고 자물쇠를 채우면 영구히 그대로 한 자리에 버티고 있어줄 것 같은 믿음직한 사람.

"아, 맞아요. 아이들이 저에게 아무 말도 하지 말라고 했어요. 아이들이 옆에 있으니 그 애들 마음을 맞춰줘야 할 것 같아서 물어보지 못했어요. 그런데 무슨 일이 있었던 거예요?"

"저는 예배를 보러 간 것이 아니라 그저 부인과 같이 걷고 싶어서 간 거였거든요." 내가 말했다. "그 다음에 친구를 만나야 해서 돌아왔어요."

그로스 부인은 놀라는 것 같았다. "친구요? 선생님이요?"

"아, 네. 두 명 정도 있지요!" 나는 소리 내서 웃었다. "그런데 아이들이 이유를 말하던가요?"

"선생님이 먼저 돌아오신 것에 대해 아무 말 하지 말아야 하는 이유 말씀이지요? 네. 선생님이 그걸 원하실 거라고 했어요. 정말 그러신가요?"

나는 약간 불쾌해진 표정으로 말했다. "아니오. 그건 별로 기분이 좋지 않네요." 하지만 잠시 후 덧붙였다. "아이들이 내가 왜 그 편을 좋아할 거라고 하던가요?"

"마일스 도련님은 '선생님이 바라는 대로 해드려야 해!'라고만 말했어요."

"마일스가 자기 말대로만 했으면 좋겠네요! 플로라는 뭐라고 하던가요?"

"플로라 아가씨는 너무 착하잖아요. '당연히 그래야지. 그러자!'라고 하더군요. 저도 똑같이 말했고요."

나는 잠시 생각하다가 말했다. "부인도 정말 마음이 선하시죠. 부인과 아이들의 대화가 들리는 것 같아요. 저는 마침내 마일스와 모든 걸 터놓고 얘기했답니다."

"모든 걸 터놓다니요?" 그로스 부인이 깜짝 놀라며 물었다. "무슨 말씀이세요, 선생님?"

"뭐든 다요. 하지만 괜찮아요. 저는 이미 마음을 정했거든요." 내가 말을 이었다. "저는 미스 제셀을 만나 이야기를 하려고 집으로 온 거예요."

이즈음에 나는 그로스 부인에게 무슨 말을 하기 전에 그녀를 내 말에 오롯이 집중하게 하는데 익숙해져 있었다. 그래서 그녀가 내 말을 들으며 줄기차게 눈을 깜박거리고 있음에도 불구하고 나는 그녀에게 내가 하고자 하는 말을 제대로 전할 수 있었다. "이야기를 했다고요! 그 여자의 유령이 말을 했단 말씀인가요?"

"거의 그럴 뻔 했다는 거죠. 집에 와 보니 공부방에 그녀가 있었어요."

"그 여자가 뭐라고 하던가요?" 지금도 선량한 그로스 부인의 솔직하고 당혹스러운 음성이 들리는 것 같다.

"자기는 고통에 시달리고 있다고……!"

그러자 그로스 부인은 내가 그리던 그림을 마저 채워 넣듯이 이렇게 말했다. "그러니까," 그녀의 음성이 떨리고 있었다. "사랑하는 사람을 잃은 슬픔 때문에 말인가요?"

"상실의 슬픔. 저주 받은 슬픔. 그걸 나누고 싶어서……" 나는 내 입에서 나오는 말이 너무 끔찍해서 전율했다.

하지만 상상력이 절제된 나의 동지는 내가 거기서 주저앉게 하지 않았다. "누구와 나누려는……?"

"그녀는 플로라를 원해요." 이 말을 하면서 그녀를 붙잡고 있지 않았다면 그로스 부인은 그 자리에 쓰러졌을지도 모른다. 나는 그녀를 붙잡은 채 말했다. "하지만 제가 말씀드렸듯이 그건 문제가 되지 않아요."

"선생님이 마음먹으신 게 있다는 말씀인가요? 어떻게 하실 건데요?"

"뭐든지 하기로요."

"지금 그 '뭐든지'가 뭘 말씀하시는 건가요?"

"음, 아이들 삼촌을 이리로 오게 하는 거죠."

"아, 선생님, 제발 그렇게 해 주세요." 그로스 부인이 달갑게 외쳤다.

"그럴게요, 그렇게 하겠어요! 그 방법 밖에 없는 것 같아요. 제가 조금 전에 마일스와 모든 걸 터놓고 얘기했다고 말씀드렸던 것도 바로 그것과 관련되어 있어요. 마일스는 내가 여기 상황을 그의 삼촌에게 알리는 걸 두려워하고 있다고 생각해요. 그걸 이용해서 자기가 필요로 하는 걸 얻을 수 있다고 말이죠. 그의 생각이 틀렸다는 걸 보여줘야 할 것 같아요. 네, 아이들 삼촌은 바로 이 자리에서 제게 듣게 될 거예요. 필요하다면 마

일스가 보는 앞에서 말이죠. 마일스의 학교 문제에 대해 제가
아무것도 하지 않았다고 생각하신다면……"

"그러신다면요, 선생님?" 그로스 부인이 재촉하듯 물었다.

"음, 안타깝지만 거기에는 충격적인 이유가 있다고 말이에요."
내 말에 그로스 부인은 너무 많은 이유들을 생각해야 했고,
그러다보니 정신이 몽롱해질 만도 했다. "그런데 어떤 이유를
말씀하시는지?"

"마일스가 다니던 학교에서 온 편지가 있잖아요."

"그걸 주인님께 보여드릴 건가요?"

"편지가 오자마자 그래야 했어요."

"오, 그건 안 돼요!" 그로스 부인이 단호하게 말했다.

"그 분 앞에서 말할 거예요." 나는 주저하지 않고 맞섰다.
"학교에서 퇴학당한 아이의 편에서 그 뒷일을 처리해 줄 수는
없다고 말이에요."

"우리는 아직 퇴학 사유를 모르고 있잖아요!" 그로스 부인이
따지듯 말했다.

"못된 짓을 한 거겠죠. 그렇지 않으면 그렇게 영리하고 잘생
기고 완벽한 아이가 왜 퇴학을 당했겠어요? 그 애가 바본가
요? 단정치 못한가요? 병약한가요? 아니면 성격이 못됐나요?
마일스는 부족한 점이 없는 아이예요. 그러니 이유는 하나뿐
이죠. 그 하나의 이유가 모든 걸 설명해 줄 거고요. 결국은 아
이들의 삼촌 탓이죠. 그런 사람들을 여기 살게 하다니……!"

"주인님은 퀸트와 미스 제셀에 대해서 거의 아는 게 없으셨

죠. 그러니 제 잘못이에요." 어느새 그로스 부인의 안색이 창백해져 있었다.

"음, 부인이 곤란을 겪으실 일은 없어야지요." 내가 말했다.

"아이들을 힘들게 할 수는 없어요!" 그로스 부인이 격앙된 음성으로 말했다.

나는 한동안 아무 말도 하지 않았고, 우리는 서로를 바라보기만 했다. "그럼 제가 그분에게 뭐라고 하면 좋을까요?"

"선생님은 아무 말도 하실 필요 없어요. 제가 하겠습니다."

나는 그로스 부인의 말을 잠시 반추해 보다가 물었다. "편지를 쓰시겠다는 건가요?" 그러다가 그녀가 글을 모른다는 사실을 기억하고 다시 말했다. "어떤 식으로 말씀을 하실 건데요?"

"토지관리인에게 부탁하겠어요. 그는 글을 쓸 줄 아니까."

"그 사람에게 우리 이야기를 써달라고 하는 게 좋은 생각일까요?"

내 질문이 뜻하지 않게 비꼬는 소리로 들렸던지 그로스 부인의 눈에 눈물이 차오르더니 그녀는 울음을 터트리고 말았다. "아, 선생님. 그냥 선생님이 쓰세요!"

"좋아요. 오늘 밤에 쓰겠어요. 이 대답을 끝으로 우리는 각자 방으로 갔다.

/

17

/

나는 그날 밤 편지를 쓰기 시작했다. 날씨가 다시 험해져서 강풍이 불었다. 내 방에서 빗방울 소리와 거센 바람 소리를 들으며 흰 종이를 마주한 채 오랫동안 등잔불 아래 앉아 있었다. 플로라는 내 옆에서 조용히 놀고 있었다. 한참을 그렇게 있다가 촛불을 들고 복도 맞은편에 있는 마일스의 방 앞으로 갔다. 그러고는 방 안에서 무슨 소리가 들리는지 귀를 기울여보았다. 점점 강박적이 되어가고 있던 나는 혹시라도 마일스가 잠들지 못하고 있는 건 아닌지 확인해 보고 싶었던 것이다. 잠시 후 기척이 들렸는데, 내가 예상했던 것과는 다른 상황이 벌어졌다. 마일스의 음성이 문밖을 향해 흘러나왔던 것이다. "거기 와 계시군요. 들어오세요." 어두운 복도를 환한 기쁨으로 채우는 음성이었다!

촛불을 든 채 안으로 들어가니 마일스는 눈을 말똥말똥 뜬 채로 침대에 편안하게 누워있었다. "무슨 일이신데요?" 마일스

가 상냥하게 물었다. 그로스 부인이 그 자리에 있었다면 내가
'털어놓고 얘기했다'고 했던 말의 단서를 찾아보려 했을 거라는
생각이 들었다. 그래봐야 허사였겠지만.

나는 촛불을 든 채 마일스의 침대 가로 갔다. "내가 문 밖에
와 있는 줄 어떻게 알았지?"

"소리가 들려서 알았죠. 선생님은 아무 소리도 내지 않으셨다
고 생각하세요? 기마부대가 다가오는 것 같았다고요!" 마일스
가 매력적으로 웃었다.

"자고 있지 않았나보지?"

"네, 깊이 자고 있지는 않았어요. 반쯤 깨서 생각을 하고 있
었죠."

마일스가 이렇게 말하며 다정하게 손을 내밀었기 때문에 나
는 조심스럽게 촛불을 멀리 내려놓고 그의 침대에 걸터앉았다.
"무슨 생각을 하고 있었는데?"

"선생님 생각 말고 또 뭐가 있겠어요?"

"나를 생각해 주는 것은 고맙다만, 이런 식은 별로 권하고
싶지 않구나! 네가 잠을 잘 자는 게 훨씬 중요하거든."

"음, 그리고 우리의 곤란한 문제에 대해서도 생각하고 있었
어요."

마일스의 손은 몹시 차가웠다. "어떤 곤란한 문제 말이야, 마
일스?"

"선생님이 저를 훈육하시는 방식, 그리고 다른 여러 가지 말
이에요!"

잠시 숨이 멎는 것 같았다. 촛불의 희미한 빛에도 베개 위에서 나를 올려다보는 마일스의 미소 띤 얼굴에 환해 보였다. "다른 여러 가지란 어떤 것들을 말하는 거지?"

"아, 그런 거 있어요. 선생님도 아시잖아요!"

나는 잠시 할 말을 잃고 서 있었다. 여전히 그의 손을 잡은 채 시선을 마주하고 있었지만, 그 순간 마일스와 나 사이에 감도는 가식적인 기운이 느껴져 나는 잠시 아무 말도 할 수 없었다. "네가 원한다면 당연히 다시 학교에 다녀야겠지." 내가 다시 입을 열었다. "하지만 전에 다니던 학교는 안 되고 다른 학교를 찾아봐야 해. 더 좋은 학교로 말이야. 전혀 말을 하지 않으니 네가 학교 문제로 걱정하고 힘들어 한다는 걸 내가 어떻게 알 수 있었겠니?" 내 말을 듣고 있는 그의 희고 해말간 얼굴이 깊은 회한에 잠긴 채 어린이 병동에 누워 있는 어린 환자 같아서 마음이 짠했다. 내가 간호사나 자선 단체의 수녀가 되어 그를 치유할 수만 있다면 가진 것을 모두 내놓아도 좋을 것 같았다. 하지만 그때 그 현실에서도 내가 그를 도울 수 있는 방법은 있을 것 같았다! "지금까지 네가 한 번도 학교 얘기를 한 적이 없다는 거 알고 있니? 예전에 다니던 학교 말이야. 학교에 관해선 어떤 얘기도 한 적이 없어."

마일스는 내 말에 의아해 하는 것 같았지만 여전히 매력적인 미소를 잃지 않았다. 그러면서 시간을 벌려는 듯 잠시 머뭇거렸다. "제가 그랬어요?" 그 순간 나는 알 수 있었다. 마일스를 도와줄 사람은 내가 아니라, 내가 만난 적이 있는 그 자라는 걸!

마일스의 어투와 표정에는 가슴을 저리게 하는 뭔가가 담겨 있었다. 지금까지 한 번도 경험해 보지 못한 깊고 예리한 아픔이었다. 유령의 덫에 걸린 어린 마일스가 어찌할 바를 모른 채 순진함과 일관성을 동시에 보여주려고 애쓰는 것을 보니 말할 수 없이 마음이 쓰라렸다. "한 마디도 한 적이 없어. 학교에서 돌아오는 순간부터 지금까지. 선생님 얘기도, 친구 얘기도, 학교에서 있었던 아주 사소한 일들조차도 말이야. 학교에서 무슨 일이 있었는지 힌트조차 주지 않았다고. 그러니 내가 얼마나 캄캄한 어둠 속을 헤매고 있을지 생각해보려무나. 오늘 아침에 네가 그렇게 나오기 전까지는 우리가 처음 만나던 순간부터 지금까지 그 전에 네가 어떻게 지냈는가에 대해서는 전혀 들은 게 없었어. 너는 다만 현재를 온전히 받아들이는 것 같았어." 놀랍게도 나는 마일스가 내면적으로 이미 조숙해 있다고 확신하고 있었던 것 같다. 그것은 아마도 내가 감히 입 밖에 낼 수 없는 존재가 마일스의 정신을 지배하고 있다고 믿어서였을 것이다. 그래서 마일스가 고민스러운 듯 얕은 한숨을 내쉬었음에도 불구하고 마치 나와 동등한 지적 능력을 가진 사람을 대하듯 했던 것이다. "네가 지금 이대로 살기를 원하는 줄 알았단 말이다."

나는 그제야 마일스의 안색이 몹시 창백하다는 걸 알았다. 마일스가 피곤에 지친 환자처럼 힘없이 고개를 저으며 말했다.

"아니요, 저는 이대로 살고 싶지 않아요. 여기서 떠나고 싶어요."

"블라이가 싫어졌니?"

"아니오. 블라이는 좋아요."

"그런데 왜?"

"선생님도 아시잖아요, 남자 아이들이 뭘 원하는지!"

나는 마일스의 마음을 잘 모르겠다는 생각을 하면서 일단 생각나는 대로 물었다. "너희 삼촌에게 가고 싶니?"

그러자 마일스는 상냥하지만 냉소적인 의미를 담아 고개를 저었다. "아, 그런 식으로 문제를 피하실 수는 없어요!"

나는 잠시 아무 말도 할 수 없었다. 이번에는 나의 안색이 창백해졌던 것 같다. "사랑하는 마일스, 나도 문제를 피할 생각은 없단다."

"그러고 싶다고 하셔도 그러실 수 없어요. 그러실 수 없다고요!" 마일스는 매력적인 눈으로 나를 바라보며 말했다. "삼촌이 이곳에 와야 해요. 선생님은 삼촌과 제 문제를 결말지으셔야 하고요."

"만약 그렇게 한다면," 나는 다소 확신 있는 음성으로 말했다. "너를 먼 곳으로 보내야 할지도 몰라."

"그게 바로 제가 바라는 거라는 거 모르세요? 선생님이 포기하신 일들을 모두 삼촌에게 말씀하셔야 해요. 말씀하실 게 아주 많으시겠네요!"

마일스가 통쾌한 듯 이렇게 말하는 바람에 나는 순간 그를 좀 더 다그쳐야겠다는 생각을 했던 것 같다. "그럼 너는 삼촌에게 어디까지 얘기할 건데? 삼촌이 너에게도 묻고 싶을 게 있을 텐데 말이야!"

그러자 마일스가 되물었다. "그럴지도 모르죠. 그런데 뭘 물어볼까요?"

"네가 나에게 말하지 않은 것들. 삼촌이 네 문제를 어떻게 해야 하는지 결정하기 위해서 말이야. 너를 다시 예전 학교로……."

"저는 돌아가고 싶지 않아요!" 마일스가 내 말을 끊으며 말했다. "새로운 세계를 경험하고 싶거든요."

마일스는 지극히 평안하고 나무랄 데 없이 밝은 어조로 이렇게 말했다. 순진무구한 그의 말투 때문에 어린 마일스가 겪어야 하는 너무도 기구한 비극이 더욱 통렬하게 나를 아프게 했다. 이 아이가 다시 학교로 돌아간다면, 세 달쯤 지난 뒤에 사내 아이 다운 포부에 불명예만 하나 더 얹어서 또다시 집으로 돌아올 수도 있지 않은가. 그건 도저히 감당할 수 없을 거라는 생각에 지금부터 가슴이 답답해오면서 도망치고 싶어졌다. 갑자기 마일스가 가여워져서 나는 몸을 굽혀 그 아이를 껴안아 주었다. "아, 마일스. 나의 사랑하는……!"

마일스의 얼굴이 내 얼굴에 닿을 듯했고, 그는 내가 키스를 하도록 가만히 있더니 유머로 가볍게 그 순간을 넘어갔다. "왜요, 숙녀님?"

"나에게 하고 싶은 말이 정말 없니?"

마일스는 벽을 향해 조금 돌아눕더니 한쪽 손을 들고 아픈 아이들이 그러듯 자기 손을 바라보며 말했다. "말씀드렸잖아요. 오늘 아침에." 오, 가여운 마일스! "너를 귀찮게 하지 말아 달라는 말이니?"

마일스는 고개를 돌리고 이제야 내가 자기 마음을 이해하는 것 같다는 듯 나를 바라보았다. 그러고는 나지막이 말했다. "저를 혼자 있게 해달라는 말씀이었어요."

그 말에 왠지 무게감이 실려 있는 것 같아서 나는 그를 안고 있던 팔을 풀고 천천히 자리에서 일어섰다. 하지만 그의 곁을 떠나지는 않았다. 그를 구속할 마음이 없었다는 건 하느님도 아신다. 하지만 그 순간 돌아서서 나오는 것은 왠지 그를 방치하는 것 같은, 아니 좀 더 솔직하게 말하면 그를 잃는 것 같은 느낌이 들었다. "네 삼촌에게 보낼 편지를 쓰기 시작했단다." 내가 말했다.

"그럼 가서 마저 쓰세요!"

나는 잠시 기다렸다가 다시 물었다. "무슨 일이 있었던 거지?"

마일스는 눈을 들어 나를 보았다. "언제 말씀이세요?"

"네가 집으로 오기 전에 학교에서. 그리고 학교에 입학하기 전에 집에서."

마일스는 한동안 아무 말 없이 나를 바라보았다. "무슨 일이 있었냐고요?"

그의 음성에서 희미한 떨림이 느껴졌다. 처음으로 내 질문을 받아들이는 듯 희미한 떨림이 느껴졌다. 양심의 동요 같았다. 나는 침대 옆에 무릎을 꿇고 앉아 다시 한번 마일스의 주의를 내게 집중시켰다. "마일스, 사랑하는 나의 마일스, 너를 위해 뭐라도 하고 싶은 내 마음을 네가 알아주었으면 좋겠구나! 나는 그 마음뿐이야. 너에게 고통을 주거나, 네게 나쁜 일이 생기게 하느니 나는 차라리 내 목숨을 내놓을 거다. 네 털끝 하나라도 다치게 하느니 차라리 내가 죽는 게 나아." 하고 싶은 말이 너무도 많았지만 나는 이렇게만 말했다. "내가 너를 구할 수 있도록 네가 도와주기를 바라는 거야!" 말을 끝내고 나서 곧 내가 지나쳤다는 사실을 깨달았다. 나의 진심 어린 호소에 대한 응답은 즉시 왔다. 하지만 그것은 놀라울 만큼 폭발적이고 소름이 끼칠 만큼 섬뜩한, 휘몰아치는 냉기였다. 거센 폭풍에 방이 흔들리며 창문이 덜컹거리는 것 같았다. 마일스가 귀청을 찢을 듯 크고 높은 소리로 고함을 친 것이다. 순간 정신이 아득해지면서 그것이 기쁨의 환호인지 비명인지조차 분간이 되지 않았다. 나는 벌떡 자리에서 일어서고 나서야 방 안이 캄캄하다는 사실을 깨달았다. 잠시 그대로 서 있다가 어둠 속에 방안의 물체가 보이기 시작하자 주위를 둘러보았다. 커튼은 닫힌 채였고, 창문도 잠겨 있었다. "촛불이 꺼졌어!" 내가 외쳤다. "제가 껐어요, 선생님!" 마일스가 대답했다.

18

다음 날 수업이 끝난 후 그로스 부인이 잠시 틈을 내서 나를 찾았다. 그리고 조용히 물었다. "편지 쓰셨어요, 선생님?"

"네, 썼어요." 하지만 봉인된 편지가 내 주머니에 들어있다는 말은 하지 않았다. 우편을 담당하는 하인이 마을에 가려면 아직 시간이 많이 남아 있었으니까. 한편 나의 두 제자는 그날 전에 없이 영민하고 모범적인 모습으로 아침 일정을 소화했다. 지난 며칠 사이에 있었던 우리 관계의 껄끄러움에 기름칠을 하여 반짝반짝 윤이 나게 하리라 마음먹은 것 같았다. 내가 풀기에도 어려울 것 같은 산수 문제를 놀라운 실력을 발휘하여 풀어냈으며, 반짝이는 기지로 지리와 역사에 관한 농담들을 구사했다. 그런 모습은 특히 마일스에게서 두드러졌는데, 그는 나의 마음을 움직일 수 있는 자신의 영향력을 과시하고 싶어 하는 듯했다. 내가 기억하기에 마일스는 차마 말로 표현할 수 없는 아름다움과 비탄으로 꾸며진 무대 위에 살고 있는 아이 같았다. 그가 즉흥적으로 드러내는 모든 감정과 행동에는 그 만의 독특함이 배어 있었다. 처음 보는 사람에게는 그저 솔직하고 자유분방한 그 나이 또래의 한 아이로 보였겠지만, 사실 마일스는 그만의 독특한 개성을 지닌 비범한 어린 신사였던 것이다. 나 역시 처음 그를 보았을 때처럼 신비로운 힘에 이끌리듯 그의 매력에 빠져드는 상황을 끊임없이 경계해야 했다. 그런 어린 신사가 어떤 잘못을 저질렀기에 퇴학 처분을 받아야 했는가를 생각할 때면 나도 모르게 무심히 한 곳을 응시하거나 한숨을 내쉬곤 했는데, 이 또한 내가 늘 경계해야 하는 행동이었다. 마치 내가 알고 있는 어둠의 존재가 그에게 사악한 상상의 세계를 열어준 것 같았다. 그리고 내 안에 잠재되어 있는 정의감은 혹시라도 그것이 행동으로 피어난 증거를 찾고자 안간힘을 쓰고 있었다.

길고 힘들었던 하루가 지나고 이른 저녁식사가 끝나자 마일스는 내게 오더니 다정한 음성으로 30분 정도 피아노 연주를 해주겠다고 했다. 다비드가 사울 왕을 위해 연주를 제안할 때도 그처럼 매력적이지는 않았을 것이다. 빛나는 재치와 따뜻한 배려가 담긴 그의 제안은 마치 이렇게 말하는 것처럼 들렸다. "우리가 함께 읽었던 중세 이야기에 나오는 진정한 기사들은 자신의 힘을 남용하지 않았어요. 이제 선생님의 마음을 알겠어요. 이제부터 선생님은 저를 혼자 있게 해주실 거고, 제 걱정을 하거나 몰래 엿보지 않을 것이며, 항상 저를 옆에 두려고 하지 않으실 거죠. 제가 어디든 다녀올 수 있는 자유도 주실 거고요. 보세요, 저는 이렇게 '왔어요,' 그리고 가지 않아요! 앞으로 오랫동안 그걸 보여드릴 거예요. 선생님과 함께 지내는 게 참 좋아요. 다만 원칙을 말씀드리고 싶었을 뿐이에요." 내가 이런 마일스의 제안을 거절했을지, 그의 손을 잡고 공부방으로 들어갔을지는 상상할 수 있을 것이다. 마일스는 낡은 피아노 앞에 앉아 전혀 새로운 연주를 들려주었다. 만약 누군가 마일스가 피아노 대신 축구공을 차며 놀아야 했다고 말한다면, 나는 그의 의견에 전적으로 동의한다. 하지만 그의 연주를 듣는 동안 나는 완전히 시간의 흐름을 잊었던 것 같다. 앉은 채로 잠이 들었던 것 같은 이상한 느낌으로 화들짝 정신을 차려보니 점심시간이 지나 있었다. 공부방 난롯가에 앉아서 내가 잠이 들었던 것 같지는 않고, 다만 현실을 완전히 잊고 있었던 것이다. 그런데 플로라는 어디 있지? 마일스에게 물어보니 잠시 더 연주를 이어가다가 대답했다. "선생님도 참, 제가 어떻게 알겠어요?" 그러고는 깔깔거리고 웃더니 이어서 즉흥적으로 흥겨운 가락을 흥얼거리기 시작했다.

곧장 내 방으로 달려갔다. 플로라는 거기 없었다. 아래층으로 내려가기 전에 몇 군데 더 둘러보았다. 이층에 없다면 그로스 부인과 함께 있을 것이라는 생각을 하니 마음이 놓였다. 그로스 부인은 전날 밤에 우리가 만났던 그 방에 있었다. 하지만 내가 플로라의 행방을 묻자 전혀 몰랐던 듯 놀라며 걱정스러운 표정을 지었다. 저녁 식사 후 내가 두 아이 모두 데리고 있는 줄 알았다고 했다. 그녀는 당연히 그렇게 생각했을 것이다. 지금까지 특별한 계획이 있지 않고는 한 번도 플로라를 내 시야에서 벗어나게 한 적이 없었으니까. 하지만 그때까지도 플로라가 다른 하녀들과 함께 있을지 모른다는 생각에 크게 걱정하지는 않고, 그로스 부인과 집안을 나누어서 찾아보기로 했다. 그리고 10분 쯤 후 복도에서 다시 만났지만 우리 중 누구도 플로라의 행방에 대해서 알아내지 못했다. 그로스 부인은 내가 처음 그녀에게 플로라의 행방을 물었을 때보다 더 놀라고 걱정스러운 눈빛으로 나를 바라보았다.

"이층에 있을 거예요." 그로스 부인이 말했다. "선생님이 미처 찾아보지 못한 방에 말이에요."

"아니오. 플로라는 멀리 간 것 같아요." 나는 거의 단정적으로 이렇게 말했다. "집 밖으로 나간 것 같아요."

그로스 부인이 의아한 눈빛으로 나를 바라보았다. "모자도 안 쓰고요?"

나 역시 진지한 표정을 지으며 물었다. "그 여자도 늘 모자를 안 쓰고 다니지 않았나요?"

"플로라가 그 여자와 함께 있단 말인가요?"

"그 여자와 함께 있어요." 나는 확신을 가지고 이렇게 말했다. "그들을 찾아야 해요."

나는 그로스 부인의 팔을 잡았다. 하지만 그녀는 혼란에 빠진 듯 나의 다급함에 따라오지 못하고 머뭇거렸다. 그 자리에 선 채로 자신의 불안감을 추스르는 것 같았다. "그럼 마일스 도련님은 어디 있죠?"

"마일스는 퀸트와 함께 공부방에 있답니다."

"맙소사, 선생님!" 내가 너무나 차분한 어조로 확신을 가지고 말하자 그녀는 더 기가 막히는 것 같았다.

"아이들이 꾀를 쓴 것 같아요." 내가 말을 이었다. "계획적으로 나를 속였다고요. 플로라가 빠져나갈 수 있도록 저의 주의를 끌 천상의 계략을 생각해 냈던 거예요."

"천상의 계략이요?" 그로스 부인이 어리둥절해서 되물었다.

"그럼 지옥의 계략이라고 하죠 뭐!" 나는 자못 명랑한 척 그녀의 말을 받았다. "마일스는 잘 있을 거예요. 아무튼 가시죠!"

그로스 부인은 맥이 빠진 얼굴로 이층 상황을 걱정하는 것 같았다. "마일스를 이렇게 오래……?"

"퀸트와 함께 있게 해도 되겠느냐고요? 그럼요. 저는 이제 그런 것에 신경 쓰지 않을 겁니다."

이런 순간이 오면 그로스 부인은 언제나 내 손을 잡고 나를 다독이는 것으로 상황을 정리했는데, 이번에도 역시 그녀의 다독임 덕분에 마음이 조금 가라앉았다. 그렇지만 나의 체념 섞인 말투에 놀란 그로스 부인은 잠시 머뭇거리더니 물었다. "그 편지 때문인가요?"

나는 대답 대신 얼른 주머니를 더듬어 편지를 확인한 다음 꺼내서 높이 들었다. 그러고는 로비로 가서 테이블 위에 편지를 올려놓았다. "루크가 마을로 가져가 부쳐줄 수 있을 거예요." 나는 이렇게 말하고는 현관문을 열고 계단 위로 나섰다.

그로스 부인은 여전히 머뭇거리고 있었다. 새벽까지 몰아치던 폭풍우는 가라앉았지만 밖은 여전히 흐리고 후덥지근했다. 나는 그로스 부인을 현관에 남겨 두고 혼자 진입로로 내려왔다. "겉에 뭐 걸치지 않고 가도 되시겠어요? 모자도 안 쓰시고?"

"플로라도 아무것도 걸치지 않고 나갔는데 저야 아무러면 어떻겠어요? 지금 옷 입을 시간이 없어요." 내가 현관을 향해 외쳤다. "집에 계시고 싶으면 그렇게 하세요. 그 동안 이층에 한 번 가 봐주시고요."

"마일스와 퀸트한테 말이에요?" 그로스 부인은 이렇게 묻더니 곧장 내게로 달려왔다!

/

19

/

우리는 호수로 향했다. 블라이 식구들이 호수라고 부르는 그 곳은, 지금 생각해보면, 여행을 별로 해보지 못한 내 눈에도 그다지 인상적이지는 않았지만 그래도 호수는 호수였다. 나는 물가의 환경과 그다지 친숙한 편은 아니었는데 블라이의 호수 에서는 가끔 아이들과 함께 늘 거기 매여 있는 바닥이 평평한 보트를 타고 물 위를 떠다닌 적이 있었다. 호수 한 가운데로 나가 보면 비로소 호수의 크기와 물결의 출렁임을 실감하며 새삼 놀라곤 했던 기억이 있다. 보트가 매여 있는 지점은 집에서 반 마일 정도 거리였는데 왠지 플로라는 집에서 가까운 거리에 있지 않을 것 같은 느낌이 들었다. 시시한 모험을 하기 위해 몰래 빠져나간 건 아닐 거라는 생각도 있었지만, 그보다는 지난번에 호숫가에서 플로라와 충격적인 경험을 한 후 함께 산책을 할 때마다 플로라가 가보고 싶어 하는 곳이 어디였는지 알고 있었기 때문이다. 내가 방향을 정한 듯 호수로 다가가는 것을 본 그로스 부인은 약간 멈칫거리면서 물었다. "물가로 가시는 거죠, 선생님? 혹시 선생님 생각엔 플로라가……?"

"그럴지도 모르죠. 하지만 그렇더라도 깊은 곳은 없으니까요. 제 생각에는 지난번에 함께 그 여자를 보았던 곳에 있을 것 같아요."

"플로라는 그 여자를 못 본 척 했다는 그곳 말씀인가요?"

"경악스러울 만큼 침착하게 못 본 척 했죠. 맞아요. 그 후로 플로라가 혼자 다시 그곳에 가고 싶어 하는 것 같았어요. 그러다가 오늘 마일스가 플로라를 도와준 거죠."

그로스 부인은 여전히 머뭇거리며 다시 물었다. "마일스와 플로라가 정말 퀸트와 미스 제셀에 대한 이야기를 주고받는다고 생각하세요?"

"분명히 그럴 거예요! 우리가 들으면 소름이 끼칠 만한 이야기들을 둘이 나눌 거라고요."

"정말로 플로라가 거기 있다면……."

"그렇다면요?"

"미스 제셀도 있겠네요?"

"의심할 여지가 없지요. 부인도 그 여자를 보시게 될 거예요."

"오, 맙소사!" 그로스 부인은 굳은 듯이 그 자리에 선 채 마음을 추스르느라 애를 쓰고 있었다. 나는 혼자 다시 걷기 시작했다. 하지만 물가에 다다랐을 때는 그녀도 어느새 따라와 내 뒤에 바짝 서 있었다. 내게 어떤 일이 일어나든 나와 함께 있는 것이 덜 위험할 거라고 생각하는 것 같았다. 마침내 물가에 이르러 호수 주변을 둘러보았다. 그러나 플로라는 보이지 않았다. 그로스 부인이 안도의 한숨을 내쉬었다. 지난번에 플로라가 앉아 놀던 지점에도, 호수 반대편에도 플로라가 왔던 흔적은 보이지 않았다. 호수 반대편은 물가에서 20야드 정도 넓이의 공간을 제외하고는 잡목림이 빽빽하게 우거져 있었다. 타원형의 호수는 폭이 좁고 길어서 양 끝이 보이지 않았더라면 샛강으로 보였을 것이다. 우리는 텅 빈 호수를 바라보았다. 그러다가 그로스 부인이 한 가지 제안을 하려는 듯한 눈빛으로 나를 보았다. 나는 그녀가 무슨 생각을 하는지 알 것 같아서 미리 고개를 저었다.

"아니, 아니, 잠깐만요! 플로라는 보트를 타고 간 것 같아요."

그로스 부인은 보트가 매여 있던 자리를 바라보다가 호수 건너로 시선을 돌리며 물었다.

"그렇다면 보트는 어디에 있을까요?"

"우리 눈에 안 보인다는 게 바로 그 증거죠. 플로라가 타고 가서 숨겨 놓았을 테니까요."

"혼자서요? 그 어린애가?" "플로라는 혼자가 아니에요. 그 여자와 함께 있는 동안 플로라는 어린아이가 아니고요. 성숙한 여자의 정신을 가지고 있는 셈이죠." 그로스 부인이 내가 하는 기이한 설명을 받아들이느라 애쓰는 동안 나는 시야가 닿는 한 호수 주변을 둘러보았다. 그러다가 건너편 호숫가의 움푹 들어간 곳을 가리키며 보트가 거기 있을 것 같다고 했다. 우리가 서 있는 쪽으로는 둑이 가려져 있고 물가까지 나무들이 빽

빽이 자라서 보트가 있어도 보이지 않을 곳이었다.

"만약 보트가 거기 있다면 플로라는 어디 있다는 거죠?" 그로스 부인이 불안함을 감추지 못하며 물었다.

"그걸 알아보려는 거잖아요." 내가 다시 걷기 시작하며 대답했다.

"호수를 빙 돌아서 걸어가려고요?"

"물론이죠. 좀 멀긴 하지만, 우리 걸음으로는 10분 정도 밖에 안 걸릴 거예요. 플로라는 보트를 타고 건너가는 편이 나았겠지만."

"원 세상에!" 그로스 부인이 다시 한번 탄식했다. 나의 추론이 하나씩 이어질 때마다 그녀는 압도되는 것 같았고, 그럴수록 그녀는 내 뒤로 더욱 바짝 따라붙었다. 잡초가 무성하게 자라 있는 울퉁불퉁한 길을 따라 호수를 반쯤 돌아가서 잠시 멈춰 섰다. 그로스 부인에게 숨 쉴 틈을 주어야 할 것 같아서였다. 한 쪽 팔로 그녀를 부축하고 그녀가 내게 큰 도움이 되어줄 거라고 말해주었다. 그러자 그녀도 나도 새롭게 힘이 나면서 몇 분 만에 보트가 있는 곳에 다다를 수 있었다. 보트는 우리가 추정했던 곳에 숨겨져 있었다. 눈에 띄지 않으면서도 내리기 쉽도록 일부러 울타리 기둥들 중에서 물가에 제일 바짝 박혀 있는 기둥에 매여 있었다. 보트 위에 제법 안정적으로 올려있는 짧고 굵은 한 쌍의 노를 보며 자그마한 체구의 어린 소녀로서는 기가 막힌 솜씨라는 생각이 들었다. 하지만 그 전에도 아이들의 경이로운 능력들을 너무 많이 보아왔고, 그들의 넘치는 활기에 발을 맞추느라 허덕이는 입장이었기 때문에 그리 대단한 충격은 아니었다. 울타리에 나 있는 작은 문을 지나니 좀 더 넓게 트인 공간이 나왔다. "저기 있네요!" 우리는 동시에 외쳤다.

넓은 잔디 한 가운데 플로라가 서서 우리를 향해 웃고 있었다. 이제 막 공연을 끝낸 사람처럼. 우리가 서 있는 자리에서 그리 멀지 않은 곳이었다. 그러더니 허리를 굽히고는 마치 거기 서 있었던 목적이 바로 그것인 것처럼 웃자라서 볼썽사나워진 시든 고사리를 한 묶음 뽑았다. 나는 순간적으로 그녀가 잡목 숲에서 방금 나왔음을 알 수 있었다. 플로라는 우리를 기다리는 듯 서 있는 자리에서 한 발도 움직이지 않았고, 우리는 엄한 표정을 지으며 곧장 그녀에게 다가갔다. 플로라는 계속 미소를 짓고 있었고 마침내 우리는 가까이 마주섰다. 모두 말이 없었고 사방이 고요했는데 그 속엔 분명 불길한 기운이 깔려 있었다. 그로스 부인이 먼저 무릎을 꿇으며 플로라를 품에 끌어안았다. 그리고 오랫동안 플로라의 작고 여린 몸을 꼭 안고 있었다. 그녀의 격렬한 포옹이 이어지는 동안 나는 말없이 둘을 지켜보았다. 내가 시선을 뗄 수 없었던 이유는 그로스 부인의 어깨너머로 플로라가 나를 힐끗거렸기 때문이다. 플로라의 굳은 얼굴에 더 이상 미소는 없었다. 그 모습을 바라보려니 그로스 부인의 단순성이 부러워지면서 가슴이 한층 더 아파왔다. 플로라가 후줄근해진 고사리를 바닥에 떨어뜨렸다. 그것뿐이었다. 아무 일도 일어나지 않았다. 하지만 이제 더 이상 변명의 여지가 없다는 나의 생각을 플로라도 감지하고 있는 것 같았다. 한참 후 그로스 부인은 몸을 일으키더니 플로라의 손을 잡고 나와 마주 섰다. 나를 빤히 바라보는 플로라의 눈빛 때문에 우리 사이의 침묵이 더욱 짙게 느껴졌다. "죽어도 말하지 않을 거예요!"라고 말하는 것 같았다.

순수한 호기심을 담아 나를 바라보던 플로라가 먼저 입을 열었다. 우선 나의 맨 머리를 지적했다. "모자는 어디에 두고 온 거죠?"

"네 모자가 있는 곳에 같이 있겠지!" 내가 그녀의 말을 받았다.

어느새 다시 명랑함을 되찾은 플로라는 그것으로 충분히 대답이 되었다고 생각하는 듯 다음 질문으로 넘어갔다. "마일스는 어디 있어요?"

그녀의 작은 용기에는 나를 제압하는 뭔가가 담겨 있었다. 그녀의 입에서 나온 이 세 마디는 번뜩이는 칼날의 섬광처럼 지난 몇 주 동안 내 안에서 찰랑거리며 차오르던 인내심의 잔을 쳐서 흔들었으며, 그 잔은 내가 말을 시작하기도 전에 이미 흘러넘치고 있었다. "네가 말하면 나도 말할게." 나의 음성이 내 귓가에 울리고, 곧 플로라의 대답이 들려왔다.

"음, 뭘료?"

그로스 부인이 불안한 눈빛으로 나를 쏘아보았지만 결국 그녀는 나를 막지 못했고, 나는 결국 내가 하고 싶은 말을 꺼내고 말았다. "플로라, 미스 제셀은 어디 있지?"

20

교회 마당에 마일스와 단 둘이 있게 되었을 때처럼 모든 것
이 한 순간에 덮쳐왔다. 지금까지 한 번도 아이들 앞에서 그들
의 이름을 입 밖에 내보지 않았기 때문에, 방금 내가 침묵을
깨고 던진 질문은 플로라에게 마치 커다란 유리창이 박살나는
것과 같은 충격이었던 것 같다. 그녀의 표정이 그렇게 말하고
있었다. 그 사이를 비집고 그로스 부인이 울음을 터트렸다. 마
치 나의 폭력적인 질문이 초래한 충격을 완화하려는 듯이. 그
것은 두려움과 애통함이 뒤섞인 비명 같았다. 잠시 후 나는 심
장이 터질 듯 헉하고 숨을 들이쉬었다. 그리고 그로스 부인의
팔을 잡고 외쳤다. "그 여자가 저기 있어요. 저기!"
　호수 반대편에 제셀이 서 있었다. 지난번에 보았을 때와 같은
모습이었다. 그 순간 놀랍게도 제일 먼저 내게 스친 감정은 유
령의 출현을 입증할 수 있게 되었다는 설렘 같은 것이었다. 거
기 제셀이 있었고 나의 주장은 사실이었다. 내가 잔혹한 거짓

을 꾸며냈거나 미쳤던 게 아니라 그녀가 실제로 있었던 것이다. 잔뜩 겁을 먹고 있는 그로스 부인 앞에 모습을 드러내긴 했지만 그녀가 온 이유는 플로라 때문이었다. 내가 블라이에서 보냈던 그 끔찍한 시간을 통틀어 그때처럼 그 여자에게 고마움을 느꼈던 적은 없었다. 그리고 비록 창백한 악령의 모습으로 와 있기는 했지만 그녀도 그런 내 마음을 알거라는 느낌이 들었다. 그녀는 그로스 부인과 내가 조금 전에 서 있던 바로 그 자리에 곧은 자세로 서 있었다. 먼 거리에도 불구하고 전해져 오는 그녀의 모습에는 사악한 욕망이 충천해 있었다. 내가 그녀의 생생한 모습과 분위기에 압도되어 있는 몇 초 동안 그로스 부인은 망연한 눈빛으로 내가 가리키는 곳을 바라보았다. 그로스 부인도 드디어 그 여자를 봤다고 판단한 나는 눈길을 돌려 플로라를 보았다. 플로라가 그 상황을 받아들이는 모습은 그녀가 약간 겁을 먹거나 당황하는 표정을 지은 것보다 더 나를 오싹하게 했다. 놀라거나 당황하는 표정을 지었더라도 그역시 내가 예상했던 반응이 아니었기 때문에 당황스럽긴 했겠지만, 우리가 자기를 쫓아왔다는 사실에 경계심이 발동했기 때문인지 플로라는 마음의 동요를 철저하게 감추려고 했다. 나는 처음 마주하는 낯선 모습에 몹시 당황스러웠다. 플로라는 작고 발그레한 얼굴을 굳은 듯 경직시킨 채 내가 가리킨 방향으로는 눈길도 주지 않고 나를 뚫어져라 바라보았다. 지금까지 한 번도 보지 못한 성난 표정으로 내 속을 꿰뚫어보며 비난하는 것 같았다. 나는 그런 플로라가 갑자기 무서워지면서 온몸에 소름이 돋았다. 플로라도 제셀의 유령을 보았다고 확신하면서도 그녀의 생경한 표정에 겁을 먹은 나는 스스로를 방어해야 할 필요를 느끼면서 격앙된 음성으로 외쳤다. "그 여자가 저기 있어, 이 가련한 아이야. 저기, 저기 말이다. 너는 나를 보듯이 그 여자를 보고 있어!" 좀 전에 호숫가를 걸어오면서 그로스 부인에게 플로라는 이런 상황이 되면 단순한 어린아이가 아니라 성숙한 여자의 정신을 가진다고 말했는데, 플로라는 내 말이 맞았다는 것을 여지없이 보여주었다. 조금도 물러서거나 받아들이려는 기색 없이 점점 더 어두운 표정으로 나를 비난하듯 노려보았다. 당시의 모든 상황을 종합해 보자면, 나는 다른 무엇보다도 플로라의 태도에 경악했던 것 같다. 물론 동시에 그로스 부인을 응대해야 하는 것도 버거운 일이었지만. 왜냐하면 바로 다음 순간 나의 동지였던 그로스 부인이 빨갛게 상기된 얼굴로 언성을 높여가며 내게 반기를 들었던 것이다. "너무나 어처구니가 없네요, 선생님! 도대체 어디에 뭐가 보인다는 말씀이세요?"

나는 순간적으로 그로스 부인의 팔을 잡았다. 그녀가 말하는 동안에도 그 끔찍한 유령은 여전히 당당한 자세로 그 자리에 서 있었기 때문이다. 이미 일 분 정도 그렇게 서 있었고, 내가 그로스 부인의 팔을 잡고 그 쪽을 가리키며 재차 확인을 해주는 동안에도 여전히 거기 있었다. "저기 있는데 안 보인단 말씀이세요? 지금 안 보인다고요? 타오르는 불기둥처럼 우뚝 서 있잖아요. 부인, 잘 좀 보시라고요!" 그로스 부인은 내가 말을 하는 동안 다시 한번 호수 건너를 돌아보았다. 그러고는 나에 대한 깊은 불신과 거부감, 그리고 그 자신은 그 불길하고 끔찍한 경험에서 제외되었다는 안도감과 연민이 뒤섞인 눈빛으로 나를 바라보았다. 하지만 내가 보는 것을 그녀도 볼 수 있었더라면 그녀는 틀림없이 나를 지지했을 것이라는 확신이 있었기 때문에 그 상황에서도 그녀가 든든했다. 내가 보는 것을 그녀가 전혀 볼 수 없다는 충격적인 사실에 나는 곧 무너져 내릴 것 같은 심정이었고, 그녀의 든든한 지지가 절실했기 때문이다. 나의 전임자인 제셀이 그녀가 서 있는 자리에서 나의 패배를 압박해 오는 것을 눈으로 보았고, 온몸으로 느꼈다. 동시에 무엇보다도 충격적인 태도로 나를 대하는 플로라를 어떻게 응대해야 할지 결정을 해야 했다. 플로라의 눈빛에 감도는 은밀한 승리의 기운이 나의 패배감을 관통하는 동안 그로스 부인이 전폭적으로 플로라 편에 서면서 서둘러 그녀의 마음을 보듬어주었다.

"제셀 선생님은 저기 없어요, 아가씨. 저기엔 아무도 없습니다. 그리고 아가씨는 아무도 보지 않았어요! 제셀 선생님이 어떻게? 가엾은 제셀 선생님은 죽어서 땅에 묻혔잖아요. 그렇죠, 아가씨도 아시죠? 그런데 어떻게요? 사랑하는 아가씨, 그렇지 않나요?" 그로스 부인은 간절하면서도 다급하게 호소하듯 말했다. "이건 말도 안 돼요. 지나치게 걱정을 해서거나, 아니면 농담인 거죠. 그러니 어서 집으로 돌아가십시다!"

플로라는 예의 바르게 그녀의 말을 들었고, 두 사람은 나를 공동의 적으로 두고 한 편이 되었다. 플로라는 그로스 부인의 옷자락을 꼭 잡은 채 작은 얼굴에 비난의 기색을 가득 담아 나를 쏘아 보았다. 그녀가 그렇게 서 있는 동안 그녀의 얼굴에서 소녀다운 아름다움이 점점 옅어지더니 완전히 사라져버렸다. 나는 그 순간까지도 그녀의 그런 모습을 보는 것이 내 잘못인 것만 같아 하느님께 용서를 빌었다. 앞에서도 말했지만, 플로라는 소름이 끼칠 정도로 냉정했고 그녀의 예뻤던 얼굴은 평범해지다 못해 못생겨졌다. "무슨 말씀을 하시는 건지 모르겠어요. 아무도 보이지 않는데요. 아무것도 없다고요. 본 적도 없고요. 선생님은 너무 가혹하세요. 선생님이 싫어요!" 플로라는 마치 천박하고 무례한 부랑아처럼 이렇게 쏘아붙이더니 그로스 부인을 꼭 끌어안고 그녀의 치마폭에 얼굴을 묻었다. 그러더니 미친 듯이 울어대기 시작했다. "저를 데려가 줘요, 데려가 달라고요. 제발, 저를 선생님에게서 멀리 데려가 줘요!"

"나에게서 멀리?" 나는 충격으로 숨이 멎을 것 같았다.

"그래요, 당신에게서. 당신에게서 멀리 도망가고 싶어요!" 플로라가 울면서 소리쳤다.

그로스 부인도 몹시 놀란 표정으로 나를 바라보았다. 나는 어찌할 바를 모르고 호수 건너편에 서 있는 그 여자에게로 시선을 돌렸다. 그 여자는 여전히 그곳에 있었다. 얼어붙은 듯 꼼짝도 하지 않고 서서, 먼 거리에도 불구하고 우리가 하는 말들을 들으려는 것 같았다. 나에게 도움이 되기 위해서라기보다는 나를 파멸시키기 위해서. 플로라의 입에서 나오는 한 마디 한 마디가 내 가슴을 예리하게 찌르는 듯했는데 그것은 그녀의 말이라기보다는 외부에서 누군가가 집어넣어 주는 것 같았다. 나는 절망감에 휩싸인 채 그녀를 바라보며 고개를 저었다. "의구심을 가졌던 적도 있었지만 더 이상은 의심하지 않아. 그동안 너무나 끔찍스러운 진실을 안고 지냈는데 이제 사방에서 나를 너무 힘겹게 압박해 오는구나. 나는 이제 너를 포기해야 할 것 같다. 너를 구해보려고 노력했지만, 너는 저 여자에게 지시를 받으며," 나는 이렇게 말하면서 호수 건너 우리의 목격자를 바라보았다. "아주 쉽고 완벽하게 나에게 맞서는 방법을 알아냈어. 난 최선을 다했지만 결국 너를 구하지 못했어. 이젠 안녕." 그러고는 그로스 부인을 향해 격앙된 음성으로 다급하게 외쳤다. "가세요, 어서 가세요!" 비록 유령을 보지는 못했지만 뭔가 심각한 일이 일어나 우리의 삶을 삼키려 하고 있음을 직감한 그로스 부인은 내 말이 끝나기도 전에 어린 플로라를 옆에 끼고 잔뜩 긴장된 얼굴로 우리가 온 길을 되돌아 허겁지겁 멀어졌다.

혼자 남게 되었을 때 어떤 일이 있었는지는 기억이 나지 않는다. 다만 정신이 들었을 때는 축축한 흙냄새와 함께 딱딱하고 거친 잔디의 촉감이 느껴지면서 온몸으로 냉기가 파고들었다. 15분쯤 지난 후였던 것 같다. 격렬한 슬픔을 이기지 못해 땅에 엎드린 채 나를 놓아버렸던 것이다. 오랜 시간 거기 누운 채 울었던 것 같다. 일어났을 때는 날이 저물어 가고 있었다. 나는 잠시 그곳에 서서 황혼이 내리는 회색 호수와 유령이 서 있던 물가의 언덕을 바라보았다. 그러고는 황량한 길을 힘겹게 걸어 집으로 왔다. 보트가 매여 있던 울타리를 지날 때 보니 놀랍게도 보트가 보이지 않았다. 플로라가 자기가 처한 상황에 얼마나 영리하게 대처하는지 다시 한번 생각했던 순간이었다. 플로라는 그날 밤 그로스 부인과 잤다. 어쩌면 모두에게 가장 편안하고 합당한 해결책이었던 것 같다. 집에 도착했을 때는 그로스 부인도 플로라도 보이지 않았다. 그 대신 마일스를 오래 많이 보았다. 그를 '보았다'고 표현할 수밖에 없는 이유는 그를 본다는 것이 그 어느 때보다 내게 간절한 의미를 부여했기 때문이었다. 블라이에서 보낸 어느 밤도 이처럼 불길하게 음산했던 적은 없었다. 그럼에도 불구하고, 또한 내가 딛고 서 있는 바닥이 끝없이 내려앉는 것 같았음에도 불구하고, 쇠락해가는 현실 속에 달콤한 슬픔이 있었다. 나는 집 안에 들어와서도 굳이 마일스를 찾아보려고 하지 않았다. 곧장 내 방으로 가서 옷을 갈아입고, 방 안을 훑어보며 플로라가 내게서 떠났다는 증거들을 확인했다. 그녀의 소지품들은 모두 치워져 있었다. 잠시 후 공부방 난롯가에 있는 내게 하녀가 차를 가져다주었을 때도 나는 마일스에 대해 아무것도 묻지 않았다. 이제 마일스는 자유를 얻었고, 끝까지 자유로울 것이다! 그렇다. 마일스는 자유로워졌다. 그는 8시쯤 들어와 말없이 나와 함께 앉아 있음으로써 그 자유를 누렸다. 하녀가 찻잔을 가져간 후 나는 촛불을 끄고 불가로 조금 더 다가앉았다. 영원히 가시지 않을 것 같은 한기가 느껴졌다. 마일스가 공부방에 들어올 때 나는

깊은 생각에 잠겨 있었다. 마일스는 나를 보는 듯 잠시 문 쪽
에 서 있더니 나의 상념에 동참하려는 듯 내 맞은편으로 와서
앉았다. 우리는 말없이 그렇게 앉아 있었다. 그가 내 곁에 있고
싶어 한다는 느낌이 들었다.

/

21

/

다음 날 아침 날이 밝기도 전에 나는 그로스 부인의 방문을 받고 잠에서 깼다. 그리고 그녀로부터 좋지 않은 소식을 들었다. 플로라가 열이 많이 나는 게 아픈 것 같다는 것이다. 밤새 뒤척이며 불안해했는데, 그 이유가 전임 가정교사인 제셀 때문이 아니라 현재의 가정교사인 나 때문이라고 했다. 플로라가 두려워하며 온 힘을 다해 거부하는 대상이 제셀이 아닌 바로 나라는 것이었다. 나는 곧장 자리에서 일어났다. 물어보고 싶은 말이 너무 많았다. 그로스 부인은 나를 다시 마주하기 위해 마음을 단단히 무장하고 온 것 같았다. 나를 거부하는 플로라의 심리 상태에 대해 물었을 때 그녀의 반응을 보면서 그런 느낌이 들었다. "아직도 플로라는 아무것도 못 봤다고 우기나요?"

그로스 부인은 무척 난처한 표정을 지으며 대답했다. "아, 선생님, 그건 제가 플로라에게 채근할 수 있는 문제가 아닙니다!

그럴 필요도 없을 것 같고요. 그 일 때문에 아이가 눈에 띄게 수척해졌어요."

"보지 않아도 알 것 같네요. 마치 꼬마 귀족처럼 세상에 대해 분개하고 있겠지요. 자신의 진실성과 존엄성을 비하했다고 말이죠. 마치 그런 게 있기나 했던 것처럼. 사실은 제셀이…… 그 여자가! 맙소사, '존엄성'이라니! 당돌한 것 같으니! 제가 어제 플로라에게서 받은 느낌은 정말 이상했어요. 그 동안 한 번도 보지 못한 모습이었으니까요. 그런데 제가 그것을 완전히 무시해주었던 거죠! 이제 다시는 저와 말을 섞지 않을 거예요."

독하고 모호한 말들이었음에도 그로스 부인은 아무 말도 하지 않고 침묵을 지켰다. 그러다가 내 주장을 솔직하게 인정해주었는데, 그 이면에는 뭔가가 더 있는 게 확실했다. "제 생각에도요, 선생님, 그럴 것 같아요. 그 문제에 대해 매우 강경한 태도를 취하고 있거든요!"

"바로 그 태도가," 나는 한 마디로 정리해서 말했다. "지금 문제라는 거죠!"

나는 그로스 부인의 얼굴에서 플로라의 태도를 읽을 수 있었고, 그 외에 다른 것들은 보이지 않았다. "아가씨는 거의 3분마다 선생님이 방에 들어오는 거 아니냐고 묻고 있어요."

"알았어요. 알았어요." 나 역시 그 정도는 상황을 간파하고 있었다. "어제 이후로 미스 제셀에 대해 한 마디라도 한 적이 있나요? 그 사악한 여자가 나타난 것을 알고 있다는 사실을 부인하는 것 말고요."

"한 마디도 없었어요, 선생님. 물론 짐작하시겠지만요." 그로스 부인이 말을 이었다. "그렇지만 어제 호숫가에 있을 때, 자기는 아무것도 못 보았다는 말은 했어요."

"정말 그랬단 말이에요? 그리고 부인은 당연히 그 아이의 말을 믿으시겠군요."

"제가 아가씨 말에 토를 달수는 없죠. 어떻게 그러겠어요?"

"당연히 그러실 수는 없겠죠! 부인이 상대해야 하는 아이는 누구보다 영리하니까요. 그 두 남녀가 아이들을 원래보다 더 영리하게 만들어 놓았어요. 그들에게 아이들은 무엇보다 경이로운 장난감이었던 거예요! 이제 플로라는 분개할 이유를 갖게 되었고 그걸 끝까지 이용하겠죠."

"그렇죠. 그런데 끝이라니요?"

"자기 삼촌에게 저에 대해 고해바칠 거라는 말씀이에요. 저를 아주 비천한 인간으로 만들어 놓을 거라고요!

그로스 부인의 표정에서 나는 그녀가 그 장면을 상상하고 있음을 알 수 있었다. 플로라와 그녀의 삼촌이 함께 있는 장면을 그려보는 것 같았다. "주인님은 선생님을 아주 좋게 생각하시는데요!"

"그분 정말 희한한 방식으로 그걸 보여주시네요. 이제야 그걸 알게 하시다니!" 내가 웃으며 대꾸했다. "하지만 그건 중요하지 않아요. 플로라가 원하는 건 내가 이곳을 떠나는 것일 테니까."

그로스 부인이 담대하게 내 말을 수긍해주었다. "선생님을 다시 보고 싶어 하지는 않아요."

"그래서 지금 저에게 오신 건가요?" 내가 물었다. "어서 여길 떠나 달라는 말을 하려고?" 하지만 그녀가 대답하기 전에 내가 먼저 제안을 했다. "제게 더 좋은 생각이 있어요. 생각을 좀 해 보았거든요. 제가 떠나는 게 맞는 일이겠지요. 일요일에는 저도 그런 생각을 했고요. 하지만 그렇다고 문제가 해결되지는 않을 거예요. 부인이 가셔야 해요. 플로라를 데리고 말이죠."

그로스 부인이 잠시 생각을 해 보다가 물었다. "그렇지만 도대체 어디로요?"

"여기를 떠나셔야죠. 그 유령들로부터. 그리고 무엇보다 저에게서 멀어지셔야 하잖아요. 플로라를 그 애의 삼촌에게 데려가세요."

"선생님 이야기를 하라고 말인가요?"

"아니, 아니오. 저를 '고해바치기만' 하는 건 아니죠! 저를 구제할 방편도 찾으셔야 해요."

그로스 부인은 여전히 모르겠다는 표정이었다. "선생님을 구제할 방편이 뭔데요?"

"우선은 저에 대한 부인의 신의가 그 방편이 될 것이고, 그다음엔 마일스의 신의겠죠."

그로스 부인이 내 눈을 똑바로 들여다보며 물었다. "선생님 생각에 마일스가……?"

"마일스도 기회가 오면 저에게 대들지 않겠느냐고요? 맞아요, 저도 그러리라고 생각합니다. 그렇지만 노력해 보려고요.

가능한 한 빨리 플로라를 데리고 가세요. 저와 마일스가 둘이 있을 수 있도록." 나에게 이정도 기운이 남아 있다는 게 놀라웠다. 하지만 내가 결연한 의지를 보여주었음에도 여전히 망설이는 그로스 부인을 보자 나는 더 조급해졌다. "물론 한 가지 더 있어요." 내가 말을 이었다. "플로라가 떠나기 전에 마일스와 잠깐이라도 만나는 일이 없어야 해요."

그러자 호수에서 돌아오자마자 플로라를 격리시키기는 했지만, 이미 마일스와 만났을 수도 있다는 생각이 스쳤다. "둘이 벌써 만났을까요?" 내가 걱정스레 물었다.

그러자 그로스 부인이 얼굴을 붉히며 말했다. "아, 선생님, 저도 그 정도로 바보는 아니에요! 서너 번 플로라 곁을 비워야 할 때가 있긴 했지만 그럴 때마다 다른 하녀를 옆에 있게 했지요. 지금은 혼자 있지만 안전하게 방문을 잠가놓았답니다. 그렇지만, 그렇지만!" 너무 많은 생각이 한꺼번에 몰려오는 것 같았다.

"그렇지만 뭐요?"

"도련님에 대한 생각은 확신이 있으신 건가요?"

"제가 믿을 수 있는 사람은 부인밖에 없어요. 하지만 어젯밤 이후로 새로운 희망이 생겼어요. 마일스가 제게 마음을 열려는 것 같아요. 어젯밤에 난롯가에서 제 곁에 두 시간 정도나 말없이 앉아있었거든요. 마치 뭔가 말을 꺼내려는 것처럼 말이죠."

그로스 부인은 희미하게 밝아오는 창밖의 하늘을 물끄러미 바라보다가 물었다. "그래서 결국 말을 했나요?"

"아니오. 기다리고, 또 기다렸지만 그런 일은 없었어요. 플로라에 대해서도, 다른 어떤 것에 대해서도. 그저 말없이 앉아 있다가 잘 자라는 인사와 키스만 하고 각자 방으로 갔지요." 내가 말을 이었다. "플로라가 자기 삼촌을 만난다면, 그 분이 마일스를 만나기 전에 내가 먼저 마일스와 시간을 좀 더 보내야 할 것 같아요. 그 애와 요즘 사이가 안 좋아졌으니까요."

나의 이 말에 그로스 부인은 의외로 신경을 쓰는 것 같았다. "시간을 좀 더 가져야 한다니요?"

"글쎄요. 하루나 이틀 정도 지나면 마일스가 진실을 이야기할 것 같거든요. 그러고 나면 저를 이해하고 지지해줄 거예요. 그게 왜 중요한지는 부인도 아시겠지요. 만약 마일스가 마음을 열지 않는다면 저는 실패한 게 되겠죠. 하지만 그때쯤엔 부인이 런던에 도착해서 저에게 도움이 되는 일을 해 줄 수 있겠지요. 그게 뭐든 간에 말이에요." 내가 이렇게까지 말했음에도 그로스 부인은 뭔지 모르게 난처한 기색을 보였다. 나는 그녀가 마음을 정할 수 있도록 한 마디 덧붙였다. "부인이 정 가고 싶지 않으시다면 할 수 없지만요."

그러자 그녀의 표정이 밝아지면서 마음이 정리되는 것 같았다. 그러더니 마치 맹세를 하듯 한 손을 세워 앞으로 쳐들고 말했다. "가겠어요. 제가 갈게요. 오늘 아침에 출발하겠습니다."

그녀에게 다시 한번 선택의 기회를 주어야 할 것 같았다. "조금 더 시간을 두고 생각하시겠다면, 제가 플로라의 눈에 띄지 않고 지내도록 하겠어요."

"아니, 아니에요. 플로라가 이 집을 떠나 있는 게 좋을 것 같아요." 그로스 부인은 심각한 표정으로 나를 바라보더니 말을 이었다. "선생님 생각이 옳아요. 사실은 저도……"

"말씀하세요."

"이곳에 있기가 힘드네요."

그녀의 눈빛을 보면서 그녀가 어제 제셀의 유령을 보았을 수도 있다는 생각이 들어 뛸 듯이 반가웠다. "그러니까 부인 말씀은 어제부터? 그럼 보셨다는……?"

그로스 부인이 천천히 고개를 저었다. "아니오. 제가 들은 것 때문이에요!"

"들으셨다고요?"

"플로라의 입에서 나오는 말들이요. 너무 무서웠죠! 네, 그렇습니다!" 그로스 부인이 참담한 얼굴로 한숨을 내쉬었다. "정말 조심스럽게 드리는 말씀인데요, 선생님, 플로라가 무서운 말들을 한답니다!" 그로스 부인은 이 말을 하고는 감정이 북받쳐 올라오는지 갑자기 소파에 주저앉아 울기 시작했다. 예전에도 부인이 우는 것을 한 번 본 적이 있지만, 모든 슬픔을 한꺼번에 털어내려는 듯 울었다.

그와 동시에 나는 전혀 상반된 감정이 올라왔다. "오, 하느님 감사합니다!"

그러자 그로스 부인이 벌떡 일어나 눈물을 닦으며 물었다. "감사하다고요?"

"저의 말들이 증명되었으니까요!"

"그렇기는 하네요, 선생님!"

나는 무엇보다 절실하게 그녀의 공감을 받고 싶었지만 참았다. 그리고 대신 이렇게 물었다. "플로라가 그렇게 무서운 말을 했나요?"

그러자 그로스 부인은 적절한 표현을 찾고 있는 듯 잠시 머뭇거리다가 말했다. "정말 충격적이에요."

"저에 대해서였나요?"

"선생님에 대해서였어요. 어차피 알고 계셔야 하니까. 어린 여자 아이가 할 수 있는 말이 아니었어요. 어디서 그런 말들을 배웠는지……."

"저에 대한 그 심한 말들 말씀이세요? 전 알 것 같네요!" 나는 의미심장한 웃음을 터트렸다.

그로스 부인의 표정은 한층 더 어두워졌다. "음, 사실은 저도 알 것 같아요. 전에도 들은 적이 있거든요! 그렇지만 참을 수가 없어요." 그러더니 내 화장대 위에 있는 시계를 힐끗 거리고는 말했다. "아무튼 이제 가 봐야 할 것 같아요."

하지만 나는 아직 그녀를 보낼 수가 없었다. "참을 수 없으면 어떻게 하실 건데요?"

"어떻게 플로라가 그런 말을 못하게 할 수 있느냐는 말씀이세요? 그거야 플로라를 이 집에서 멀리 데려가는 거죠." 그러더니 이렇게 덧붙였다. "두 남녀로부터."

"그러면 플로라가 달라질까요? 자유로워질까요?" 나는 거의 설레다시피 하며 그녀의 팔을 잡았다. "그럼 어제 제셀의 유령을 보지는 못했지만 제 말을 믿으시는 거군요."

"그 짓거리들을 말인가요?" 그로스 부인의 표정으로 보아 그녀가 말하는 '그 짓거리'들이 구체적으로 뭐라고 생각하는지 굳이 물어볼 필요는 없을 것 같았다. "믿고 있습니다."

아, 나는 기뻤다. 우리는 여전히 한편이었던 것이다. 그 점에 대해서 확신할 수만 있다면 앞으로 어떤 일이 일어나도 두렵지 않을 것 같았다. 내가 처음 이곳에 와서 자신감이 필요했던 시기에 그녀가 나에게 해 주었던 것처럼 나도 그녀를 똑같이 지지해주리라 마음먹었다. 그녀가 나의 솔직함에 신의로서 응답해 준다면, 앞으로 나는 그녀가 원하는 모든 것에 그렇게 할 것이라 생각했다. 그런데 그녀가 출발하기 전에 좀 당황스러운 일이 생겼다. "한 가지 알려드릴 것이 있었는데 이제 생각났네요. 아이들 삼촌에게 이곳 상황을 알리는 편지가 부인보다 먼저 런던에 도착할 거예요."

그제야 나는 그로스 부인이 정작 중요한 말을 하지 않고 에둘러왔다는 사실과, 그것이 얼마나 그녀의 마음을 무겁게 했는지 알게 되었다. "선생님의 편지는 런던에 도착하지 않을 거예요. 부쳐지지도 않았으니까요."

"그럼 어떻게 됐는데요?"

"그건 모르죠! 마일스 도련님이……."

"마일스가 편지를 가져갔단 말씀이세요?" 나는 놀라서 헉하고 숨을 들이쉬었다.

그로스 부인이 잠시 머뭇거리더니 말했다. "어제 플로라 아가씨와 호수에서 돌아왔을 때 편지가 선생님이 놓아둔 자리에 없다는 걸 알았어요. 그래서 루크에게 물어봤죠. 그랬더니 편지를 본 적도 만진 적도 없다고 하더라고요." 우리는 어떻게 된 건지 알겠다는 듯 말없이 서로를 마주보았다. 그러다가 마치 우쭐거리는 듯한 어조로 먼저 침묵을 깬 것은 그로스 부인이었다. "이제 아시겠지요!"

"알겠어요. 만약 마일스가 편지를 가져갔다면 읽고 태워버렸을 수도 있지요."

"그밖에 짚이는 건 없으세요?"

나는 씁쓸한 미소를 지으며 그로스 부인을 바라보았다. "이제는 부인이 저보다 많은 것을 꿰뚫고 계신 것 같네요."

그것이 사실임에도 불구하고 그로스 부인은 여전히 그런 사실을 인정하는 게 쑥스러운지 얼굴을 붉혔다. "이제 마일스 도련님이 학교에서 어떤 잘못을 저질렀는지 알 것 같아요." 그러고는 단순 명쾌하게 결론을 내린 듯 고개를 끄덕이며 말했다. "물건을 훔친 거예요!"

나는 공정한 판단을 하기 위해 그녀의 말을 반추해 보았다. "글쎄요, 그럴 수도 있죠."

그로스 부인은 내가 너무 차분한 게 의외라는 듯 다시 한번 말했다. "마일스가 학교에서 편지들을 훔쳤다고요!"

그로스 부인은 내가 침착할 수 있는 이유가 사실은 아주 사소한 이유 때문임을 알지 못했던 것이다. 나는 그 이유들을 말해주었다. "이번 경우에는 뭔가 좀 더 분명한 목적이 있을 것 같아요! 하지만 어제 제가 테이블에 올려놓은 편지는," 나는 잠시 말을 끊었다가 다시 이었다. "그에게 별로 이득을 주지 못할 거예요. 그 분과 만나서 이야기를 해야 한다는 내용뿐이었으니까요. 아마 마일스도 이미 낭패스러워하고 있을지도 모르죠. 별 거 아닌 편지를 가지고 그렇게까지 했으니까요. 어젯밤에 그걸 고백하고 싶었던가 보네요." 그 순간은 내가 모든 것을 파악하고 있는 듯한 느낌이 들었다. "어서 가세요, 어서요." 나는 현관으로 향하면서 그녀를 재촉했다. "마일스에게서 얘기를 들어봐야겠어요. 그도 대화를 하고 싶어 할 거예요. 그리고 털어놓겠죠. 그러면 그 애를 구할 수 있는 거죠. 그렇게 되면……."

"그럼 선생님도 괜찮아지시는 건가요?" 그로스 부인은 작별 인사로 내게 키스를 하고는 말했다. "마일스가 아니어도 제가 선생님을 구해드릴 거예요!" 그리고는 울면서 돌아섰다.

/

22

/

　그로스 부인이 떠나자마자 나는 곧 그녀의 부재를 가슴 저리게 실감했다. 마일스와 단 둘이 남게 되는 상황에 대해 내가 좀 더 신중하게 생각해 보았더라면 뭔가 대책을 세웠을 것이라는 생각이 들었다. 아래층으로 내려와 그로스 부인과 플로라를 태운 마차가 대문을 빠져나갔다는 사실을 확인하자 그 어느 때보다 짙은 불안감이 몰려왔다. 이제 나는 혼자서 악의 기운에 맞서야 한다고 스스로에게 각인시켰다. 그리고 하루 종일 나 자신의 허약함과 싸우면서 내가 너무 경솔했음을 절감했다. 하인들 사이에 혼란스러움과 위기감이 퍼지면서 블라이에는 그 어느 때보다 긴장감이 감돌았다. 그로스 부인이 아무런 설명도 없이 갑작스럽게 집을 떠났다는 사실 때문에 모두 어리둥절한 채 먼 산을 바라보았다. 하인들의 그런 모습에 나는 더 불안해졌다. 그러다가 이 상황을 내게 도움이 되는 쪽으로 만들어야 한다는 생각을 하게 되었다. 방향키를 단단히 잡고 배가 난파되는 것을 막아야 한다고 생각했던 것이다. 나는 모든 불안과 긴장감을 견디기 위해 아주 근엄하고 냉담한 사람처럼 행세했다. 집안일을 책임지게 되었다는 사실을 기꺼이 받아들였으며, 하인들에게도 단호한 태도로 그러한 사실을 알렸다. 그러고는 위엄을 보이며 한 두 시간 집 안을 구석구석 둘러보았다. 마치 어떠한 돌발 상황에도 대처할 준비가 되어 있는 사람처럼. 그렇게 나는 상심한 가운데에도 나를 지켜보는 사람들을 위해 집안을 당당한 척 돌아다녔다.

그런 나의 노력에 대해 저녁 식사 시간이 될 때까지 가장 무관심했던 사람은 마일스였다. 집안을 둘러보는 동안에도 그를 볼 수 없었다. 그러다 보니 그 전날 플로라가 빠져나갈 수 있도록 피아노 연주를 하면서 나를 기만하고 바보로 만든 일로 해서 나와의 관계가 틀어진 것이 모두에게 드러나게 된 셈이었다. 물론 플로라가 방 안에 틀어박혀 있다가 떠난 것만으로도 사제지간이 불편해졌다는 것을 모두가 눈치 챘을 것이지만, 그 동안 공부방에서 지켜지던 관례를 마일스가 더 이상 따르지 않는 것으로도 아이들과 나의 관계가 예전 같지 않다는 것은 공공연한 사실이 되었다. 내가 마일스의 방으로 가서 문을 열었을 때 그는 이미 나가고 없었으며, 아래층 사람들을 통해 마일스가 하녀들 몇 명이 있는 자리에서 그로스 부인과 플로라와 아침 식사를 했다는 사실을 알게 되었다. 나중에 마일스에게 들을 바로는 그렇게 아침 식사를 하고 자기는 산책을 하러 나갔었다고 했다. 지금 생각해 보면 마일스는 하루아침에 내 입장이 위태로워진 상황에 가장 솔직하게 마음 가는 대로 대처했던 것이다. 마일스가 가정교사인 나의 위상을 어디까지 허용할 것인지는 아직 정해지지 않은 것 같았다. 아무튼 나는 그 와중에 묘한 안도감을 느꼈는데, 더 이상 허세를 부리지 않아도 된다는 생각에서였던 것 같다. 많은 것들이 수면 위로 드러난 상황에서 내가 여전히 마일스에게 가르칠 것이 있는 양 행동하는 허세는 더 이상 부리지 않아도 될 것 같았다. 마일스는 조용히 꾀를 내어 나의 체면을 세워주기 위한 배려들을 해주었다. 그러다 보니 나는 그의 능력이 허락하는 한 그를 상대해야 하는 부담감으로부터 벗어나게 해 달라고 사정을 해야 할 형편이었다. 어찌되었든 마일스는 이제 자유를 누리게 되었고, 나는 두 번 다시 그의 자유를 구속하지 않을 것이었다. 그 점에 대해서는 전날 밤 공부방에 그와 함께 있으면서, 그의 행적에 대해 묻거나 언급하지 않은 것으로도 충분히 보여주었다. 이때부터는 생각이 너무 많아졌다. 하지만 마침내 마일스가 네게 왔을 때는 내가 했던 많은 생각들, 그리고 그동안 쌓여 왔던 나의 고민들을 그 아름다운 어린 소년에게 적용시키는 게 어렵다는 사실을 깨달았다. 왜냐하면 그때까지 일어난 일들은 적어도 겉으로 보기에는 마일스와 조금도 관련이 없어보였기 때문이다. 내가 그 동안 블라이에 걸맞도록 가꾸어온 나의 고귀함을 아랫사람들에게 보여주기 위해서, 나는 마일스와 나의 식사를 소위 말하는 '아래층'에 차리라고 지시했다. 장중하고 화려한 방에서 마일스를 기다리고 있었다. 블라이에서 처음 맞은 그 무서웠던 일요일, 창문 밖에서 그로스 부인으로부터 어두운 그늘을 스치듯 감지했던 바로 그 방이었다. 물론 그 동안에도 수차례 그런 생각을 했었지만, 나의 정신적 균형이 나 자신의 의지에 달려 있다는 사실을 다시 한번 절감하고 있었다. 그 의지라는 것은 내가 이제부터 해야 하는 일이 역겨우리만치 '자연의 섭리'에 어긋나는 것이라는 사실에 가능한 한 눈을 감는 일이었다. 내게 주어진 상황을 헤쳐 나가기 위해서는 나의 생각과 행동이 '자연의 섭리'와 일치한다는 믿음을 가져야 했으며, 내가 하려는 가혹한 일이 평범하거나 달갑지 않은 방향으로 아이를 압박하는 일이지만 반드시 해야 하는 일이며, 보편적인 인간의 도덕성을 한 번 더 조이는 정도일 뿐이라고 생각해야 했다. 그럼에도 불구하고 자연스럽고 담담하게 대처하기 위해서는 그 어느 때보다 빛나는 기지와 신중한 계산이 필요했다. 그런데 지금까지 일어난 일들을 언급하지 않으면서 어떻게 그러한 재략을 조금이나마 활용한단 말인가? 또한 그 끔찍하고 모호한 현상 속으로 뛰어들지 않고 어떻게 그것에 대해 언급한단 말인가? 하지만 잠시 시간이 지난 뒤에 한 가지 간단한 해결책이 생각났는데 그것은 나의 어린 제자가 가진 특별한 자질을 떠올리면서 확실해졌다. 그것은 바로 마일스가 수업 중에 종종 그랬듯이 지금도 여전히 나를 기분 좋게 하는 세심한 방법을 알고 있다는 사실이었다. 어제 마일스와 단 둘이 있을 때 피상적이나마 반짝거리며 모습을 드러냈던 그의 빛나는 기질에 해결의 단서가 있는 것은 아니었을까? 그렇게 천부적인 재능을 타고 난 아이가 우수한 지능으로부터 얻을 수 있는 도움을 마다한다는 것은 말도 안 되는 일이다. 자신을 구제하는 데 쓰이지 않는다면 영리한 사고력을 타고 난 것이 무슨 의미가 있단 말인가? 그러니 나는 낚싯대를 드리우듯 그의 인성에 팔을 뻗어 그의 마음에 도달해 보아야 하지 않겠는가? 식탁에 마주앉았을 때 마일스는 내게 그럴 수 있는 길을 열어주는 것 같았다. 구운 양고기가 식탁에 차려졌고, 하인들은 물린 뒤였다. 마일스는 자리에 앉기 전에 바지 주머니에 손을 넣은 채 잠시 양고기를 바라보며 서 있었다. 마치 그것에 대해 농담이라도 하려는 듯이. 그러다가 문득 이렇게 물었다. "사랑하는 선생님, 플로라가 많이 아픈가요?"

"플로라? 많이 아픈 건 아니고, 곧 회복될 거야. 런던에 가면 낫겠지. 블라이가 플로라에게 맞지 않는 것 같구나. 자, 이리와서 양고기를 덜어가렴."

마일스는 곧장 내 말대로 고기를 덜어서 자기 자리로 가지고 갔다. 그리고 자리에 앉더니 다시 물었다. "블라이가 갑자기 플로라와 맞지 않게 된 건가요?"

"아니, 그렇게 갑자기는 아니야. 점차 그렇게 된 거지."

"그럼 왜 좀 더 일찍 보내지 않으셨어요?"

"더 일찍 언제?"

"여행하기 힘들 만큼 아파지기 전에요."

"여행하기 힘들만큼 아프지 않아. 그렇지만 여기 계속 있었으면 그렇게 됐을 수도 있지. 그러니 적절한 때에 떠난 거야. 여행을 하는 동안 곳에서 받았던 나쁜 기운이 흩어질 거고, 결국은 사라질 거다." 나의 음성은 당당하고 확신에 차 있었다.

"아, 알겠어요." 마일스도 당차게 대답했다. 그러고는 매력적인 '식사 예절'을 지켜가며 음식을 먹기 시작했다. 마일스가 학교에서 돌아오던 날부터 그의 식사 예절에 대해서는 내가 전혀 주의를 주거나 가르칠 필요가 없었다. 그러니 퇴학 사유가 무엇인지는 모르지만 식사 예절이 불량해서는 아닐 것이었다. 늘 그랬듯이 마일스는 오늘도 나무랄 데가 없었다. 그럼에도 오늘은 좀 더 주변을 의식하는 것 같았다. 편안하고 자연스럽게 습득해온 것들보다 더 많은 것들을 보여주려고 애쓰는 것 같다고 할까. 마일스는 그렇게 주변 상황을 감지하면서 고요하고 평온한 침묵 속으로 빠져들었다. 식사는 짧게 끝났다. 나는 거의 먹는 듯 마는 듯 했고, 바로 식탁을 정리하게 했다. 하인들이 식탁을 치우는 동안 마일스는 또 다시 바지 주머니에 손을 넣은 채 내게 등을 돌리고 서서 내가 전에 퀸트의 모습을 목격했던 그 창문을 통해 밖을 바라보고 있었다. 하인들이 있는 동안 침묵을 지키며 있으려다 보니 문득 우리가 결혼식을 마친 신혼부부 같다는 생각이 들었다. 호텔 방에 도착해서 웨이터가 시중을 들어주는 동안 말없이 어색하게 기다리는 모습이 연상되었다. 하인들이 나가고 둘이 남게 되자 마일스가 돌아서며 말했다. "이제 우리 둘뿐이네요!"

23

"그래, 그렇구나." 미소를 지어보이면서도 내 얼굴이 창백할 것이라는 생각이 들었다. "하지만 완전히 둘뿐인 건 아니지. 그렇게 되는 건 좋지 않아!"

"좋지 않아요. 저도 그렇게 생각해요. 그리고 물론 다른 사람들이 있죠."

"그래, 다른 사람들이 있어. 다른 사람들이 있고말고." 나는 마일스의 말에 응수해 주었다.

"그렇지만 사람들이 있어도," 마일스가 여전히 주머니에 손을 넣은 채 내 앞으로 와서 섰다. "그게 그렇게까지 중요하진 않아요. 그렇지요?"

나는 최대한 태연한 척 했으나 얼굴에 핏기가 가시는 느낌이었다. "그건 네가 말하는 '그렇게까지'가 어느 정도를 의미하는가에 따라 다르지."

"맞아요. 모든 게 상황에 따라 다르죠!" 마일스는 이렇게 말하고 나서 다시 창문을 향해 돌아섰다. 그러고는 뭔가 막연한 불안감에 휩싸인 듯 창가로 다가갔다. 그러더니 유리창에 이마를 대고 관목들과 11월의 풍경을 바라보며 한동안 생각해 잠겨 있었다. 나는 늘 손에 '일거리'를 들고 있었기 때문에 그걸 들고 소파에 자리를 잡았다. 곤욕스러운 순간이 오면 늘 그랬듯이 나는 뜨개질에 집중하는 척 하면서 거의 습관적으로 최악의 상황에 대비했다. 여기서 곤욕스러운 상황이란 나에게는 허용되지 않은 어떤 세계가 아이들에게만 연결된 것 같은 상황을 말한다. 그런데 당황하고 있는 듯한 마일스의 등을 바라보고 있자니 뭔가 평소와는 다르다는 느낌을 받았다. 지금 차단된 사람은 내가 아니라는 느낌이었다. 이러한 예감은 다음 몇 분 사이에 급격히 확고해져서 사실 차단된 사람은 마일스임을 알 수 있었다. 창문의 사각 유리창과 창틀은 그의 패배를 시사하는 이미지와도 같았다. 아무튼 나는 마일스가 안에 갇혀 있거나 밖으로 내쳐졌다는 느낌을 받았다. 여전히 아름답고 매력적이었지만 편안해 보이지는 않았다. 갑자기 희망이 보이면서 가슴이 두근거렸다. 마일스는 사악한 기운이 서려 있는 창문을 바라보며 보이지 않는 어떤 것을 찾고 있었던 게 아닐까? 지금까지 그 기운과 소통하면서 이런 단절은 처음 경험하는 게 아닐까? 처음으로, 정말 처음으로 희망의 징후가 엿보였다. 마일스는 자제하려고 노력하는 듯 했으나 초조해 보였다. 사실은 하루 종일 불안해 보였고, 식탁에 앉아 훌륭한 식사 예절을 보여줄 때에도 그러기 위해 무진 애를 쓰는 것 같았다. 마침내 그의 천재성이 무릎을 꿇은 듯 마일스는 나를 향해 돌아섰다. "음, 블라이가 저한테는 잘 맞아서 다행이에요!"

"너는 지금까지 블라이에 살면서 보았던 것 보다 훨씬 더 많은 것을 지난 24시간 동안에 본 것 같구나." 나는 용기를 내서 운을 뗴었다. "즐거운 시간이었길 바래."

"아, 네. 처음으로 멀리까지 갔어요. 수 마일에 걸쳐 집 주변을 돌아보았고요. 지금까지 그렇게 자유로웠던 적은 또 없었던 것 같아요."

나는 마일스 특유의 자유분방함에 부응하려고 애를 쓰며 물었다. "음, 그래서 좋았니?"

마일스는 미소를 지으며 잠시 서 있었다. 그러다가 내게 되물었다. "선생님은 좋으세요?" 두 마디 말에 이보다 더 많은 의미가 함축될 수 있을까? 하지만 그 말의 의미를 반추해 보기 전에 마일스가 다시 말했다. 자기가 주제 넘는 질문을 했다는 생각에 다시 정리할 필요를 느낀 것 같았다. "선생님이 그걸 받아들이시는 방식이 멋있어요. 우리 둘만 남았다고 하지만, 더 고적한 건 선생님이시니까요. 그렇지만 선생님이 그걸 너무 싫어하시지 않으셨으면 좋겠어요!"

"너와 함께 있는 것 말이니?" 내가 물었다. "사랑하는 마일스, 내가 왜 싫어하겠니? 너를 항상 내 곁에 붙잡아 두는 건 포기했지만, 그건 내 권리 밖의 일이니 할 수 없는 일이었단다. 그렇지만 나는 여전히 너와 함께 있는 게 좋단다. 그게 아니라면 내가 무엇 때문에 여기 남아 있겠니?"

그러자 마일스가 나를 빤히 바라보았다. 그의 표정이 심각해지자 그 어느 때보다 매력적인 모습이 나타났다. "단지 그것 때문에 계시는 거예요?"

"물론이지. 나는 너의 친구로서 여기 있는 거야. 너에게 훨씬 가치 있는 일을 해 주기 위해서. 그건 놀랄 일이 아니란다." 이렇게 말하는 동안 내 음성이 떨리는 게 나에게도 들렸고, 그걸 감추는 건 불가능했다. "내가 했던 말 기억하니? 폭풍우가 치던 날 밤 네 침대에 앉아서, 너를 위해서라면 못할 일이 없다고 했던 거?"

"네, 네. 기억해요!" 애써 마음을 가다듬으며 대답하는 옆모습에서 점점 차오르는 불안감이 엿보였다. 그럼에도 불구하고 마일스는 나보다 의젓하게 무거운 마음을 추스르고 웃어가면서 마치 우리가 즐거운 농담을 주고받는 듯한 분위기를 연출했다. "그렇지만 그건 제가 선생님이 원하시는 것을 하도록 만들기 위해서였잖아요!"

"그것도 하나의 이유이긴 했지." 그의 말을 인정했다. "하지만 넌 하지 않았어."

"네. 그랬어요." 마일스는 애써 밝은 표정을 지어 보이며 대답했다. "제가 뭔가 말하기를 바라셨죠."

"그랬어. 솔직하게 말해주길 바랐다. 네 마음속에 있는 것들을 말이야."

"아, 그럼 그걸 듣고 싶어서 여기 계속 머무시는 건가요?"

마일스는 명랑한 어조로 말했지만 나는 그의 감정에 깔린 분

노의 미세한 떨림을 감지할 수 있었다. 그 희미한 암시가 마일스가 내 뜻에 따르기로 마음먹었음을 의미하는 것임을 알면서도, 그것을 확인한 나의 감회를 드러낼 수는 없었다. 내가 그렇게 바라던 것이 이루어지려는데 나는 그것이 기쁘거나 홀가분하기 보다는 당혹스러웠기 때문이다. "음, 맞아. 이제 내 마음을 솔직하게 말해야 겠구나. 그것 때문에 있었던 거야."

마일스는 한동안 말이 없었다. 나는 그가 그동안 내 행동의 근거가 되었던 가설을 부정하기 위해 시간을 버는 중이라고 생각했다. 하지만 마일스는 이렇게 물었다. "지금 여기서 말씀인가요?"

"장소도 시간도 이보다 더 좋을 수는 없잖니." 마일스는 불안한 듯 주변을 둘러보았다. 그 순간 나는 처음으로 마일스가 긴박한 공포에 휩싸이는 모습을 보았다. 아, 그 기이한 느낌이라니! 마일스는 갑자기 내가 두려워진 것 같기도 했다. 그것은 내게도 충격이었는데, 어쩌면 그를 위해 잘 된 일인지도 몰랐다. 그럼에도 그런 마일스를 보는 것이 너무 고통스러웠고, 엄격한 태도를 유지하는 것이 부질없는 일이라는 생각이 들었다. 다음 순간 나는 역겨우리만치 부드러운 어조로 말했다. "다시 밖에 나가고 싶니?"

"그럼 정말 좋지요!" 마일스는 짐짓 늠름한 미소를 지어보였다. 고통스러운 시간을 견디느라 붉게 상기된 얼굴로 용기를 내어 대답하는 마일스를 보니 더 마음이 아팠다. 마일스는 밖에서 들어올 때 손에 들고 있던 모자를 다시 집어 들었다. 그가 한 손으로 모자를 빙글빙글 돌리며 서 있는 모습을 보니, 그 동안 내가 온전히 매달렸던 문제를 해결할 수 있는 단계에 다다랐음에도 불구하고 문득 그 일을 하는 것에 대해 묘한 두려움이 몰려왔다. 그건 어떤 식으로든 폭력이 아니겠는가? 나에게 아름다운 관계로 발전할 수 있는 여지를 주었던 어리고 무력한 아이에게 혐오감과 죄책감을 수반하는 기억들을 떠올리도록 강요해야 하니 말이다. 이렇게 여리고 아름다운 아이에게 그런 낯선 당혹감을 안기는 것은 비도덕적이지 않을까? 지금 돌아보면 그때는 보이지 않던 것들이 명확하게 보이는데, 그 이유는 그때는 곧 들이닥칠 고뇌의 시간을 예감하느라 이미 나의 시야가 흐려져 있었기 때문인 것 같다. 아무튼 우리는 그렇게 문제의 주변을 빙빙 돌았다. 마치 싸우기를 두려워하는 투사들처럼. 정작 우리는 서로를 두려워했던 것이다! 그 때문에 좀 더 오래 긴장감을 유지하면서 상처 입지 않고 지낼 수 있었는지도 모른다. "모든 걸 말씀 드릴게요." 마일스가 말했다. "제 말은 선생님이 듣고 싶으신 얘기를 모두 해드리겠다는 거예요. 선생님은 계속 저와 함께 여기 계시게 될 거예요. 그리고 우리 둘 다 아무 일 없이 지낼 거고요. 다 말씀 드릴게요. 하지만 지금은 아니에요."

"왜 지금은 아니라는 거지?"

그러자 마일스는 다시 돌아서서 말없이 창문을 바라보았다. 또 다시 바늘 떨어지는 소리도 들릴 정도의 적막이 우리 사이를 채웠다. 마일스가 다시 내게로 왔다. 무시할 수 없는 기운을 가진 누군가가 밖에서 그를 기다리고 있는 것 같았다. "루크를 만나야 해요."

지금까지 한 번도 마일스가 내게 거짓말을 해야 하는 상황까지 몰아간 적이 없었던 나는 문득 모욕감을 느꼈다. 너무도 참담한 상황이긴 했지만 그의 거짓말 덕분에 나의 진심이 정리되는 것 같았다. 나는 침착하게 뜨개바늘로 몇 코를 더 뜨고 나서 말했다. "그래, 알았다. 그럼 가서 루크를 만나 거라. 나는 네가 약속을 지킬 때까지 기다릴 테니까. 그 대신 나가기 전에 한 가지 아주 작은 부탁이 있는데."

승리감에 젖은 마일스는 그 정도 소소한 흥정쯤은 들어 줄 수 있다는 얼굴로 물었다. "아주 작은 부탁이요?"

"그래. 내가 듣고 싶은 진실에 비하면 이건 아주 작은 부분이지. 그러니 말해주렴." 나는 뜨개질에 몰두하는 척 하면서 무심하게 물었다. "네가 혹시 어제 오후에 현관에 있는 테이블에서 내 편지를 가져갔니?"

/

24

/

내 질문을 받은 마일스의 반응을 보는 것은 물론 가슴 아
픈 일이었겠지만, 그것을 감지하기도 전에 신경의 한 가닥을 찢
을 듯 빼앗아 가는 일이 벌어졌다. 나는 제일 먼저 자리를 박
차고 벌떡 일어났으며, 무조건 마일스를 붙잡아 내 쪽으로 끌
어당기면서 가까이 있는 가구에 비틀거리는 몸을 기댔다. 그러
면서 본능적으로 마일스가 창을 등지고 그 쪽을 돌아보지 못
하게 했다. 다시 모습을 드러낸 피터 퀸트는 창문 밖에 마치 감
옥을 지키는 감시병처럼 서 있었다. 그러더니 앞으로 다가와 유
리창에 얼굴을 대고 안을 살폈다. 저주 받은 퀸트의 창백한 얼
굴이 안에서도 뚜렷이 보였다. 내가 거의 순간적으로 어떻게
해야 할지 판단을 내렸다고 한다면 그건 짧은 순간 내 안에서
일어난 술렁거림을 간과하는 것이 되겠지만, 그 정도로 공포스
러운 상황에 압도된 여자들 중에 나만큼 신속하게 정신을 차
리고 대처한 사람은 없을 것이라 자부한다. 유령을 마주한 순

간 들었던 생각은 나 혼자 그를 마주하고 대적할망정 마일스는 그것을 알아채지 못해야 한다는 것이었다. 내 안에 어떤 영감 같은 것이 스치면서 나는 할 수 있다고 속삭여 주었다. 그것은 마치 인간의 영혼을 지키기 위해 악마와 싸우는 것 같았으며, 나는 그런 상황을 어느 정도 파악하고 나서야 내가 떨리는 두 팔로 붙들고 있는 사랑스러운 아이의 이마에 땀방울이 송골송골 맺혀 있는 것을 보았다. 마일스의 얼굴은 창문에 대고 있는 유령의 얼굴만큼이나 창백했는데, 그 입에서 마치 멀리서 들리는 듯 아련한 소리가 흘러나왔다. 나는 그 소리를 스치는 향기처럼 들이마셨다.

"네. 제가 가져갔어요."

그 순간 나는 반가움에 겨워 탄성을 내뱉으며 마일스를 끌어안았다. 열이 오른 그의 뜨거운 작은 몸에서 전해져 오는 심장의 고동을 느끼는 동안에도 나는 창문에서 눈을 떼지 않았다. 그때 유령이 움직이더니 자세를 바꿨다. 앞서 그를 감시병에 비유했지만, 천천히 움직이는 그의 모습은 마치 싸움에 패하고 처참해진 야수 같았다. 내 안에서는 마치 불꽃처럼 용기가 끓어올라서 나는 그것이 지나치게 흘러넘치지 않도록 자제해야 할 지경이었다. 창문에 비친 유령의 얼굴은 여전히 안을 들여다보며 기회를 엿보듯 시선을 떼지 않았다. 그 순간 나를 버틸 수 있게 해 준 것은 내가 그를 대적할 수 있다는 자신감과 마일스가 그의 존재를 의식하지 못하고 있다는 확신이었다. "편지를 왜 가져갔는데?"

"저에 대해 무슨 말씀을 하셨는지 궁금해서요."

"편지를 열어보았니?"

"네, 열어봤어요."

나는 마일스를 안았던 팔을 조금 풀고 그의 얼굴을 들여다보았다. 장난기가 완전히 가셔 있는 그의 얼굴엔 짙은 근심과 불안이 서려 있었다. 가장 경이로웠던 것은 내가 유령과의 대치에서 승리를 거둠으로써 마일스의 감각이 봉인되었고, 유령과 소통하기를 멈추었다는 사실이었다. 마일스는 무언가 주변에 와 있다는 것은 알았지만 그게 무엇인지는 몰랐으며, 내가 그 존재를 알고 있다는 사실도 몰랐다. 다시 고개를 돌려 창문을 보니 유령의 모습은 사라지고 없었다. 그리고 나니 잠시 겪었던 충격과 곤욕이 별 문제되지 않는 듯 느껴졌다. 나는 유령을 이겼고 유령은 그 영향력을 잃었는데 무엇이 문제겠는가? 창문 밖에는 아무것도 없었다. 이제 마일스는 온전히 나의 보호 아래 있었고, 나는 그 점을 확실히 해야 한다고 느꼈다. "편지에서 별 내용을 발견하지 못했을 거야." 나는 의기양양해지면서 말했다.

마일스는 힘겹게 고개를 저었다. "전혀 없었어요."

"그렇지. 아무런 언급도 없었지!" 나는 거의 기쁨에 들떠서 외쳤다.

"아무것도, 아무것도 없었죠." 마일스가 씁쓸한 어조로 되뇌었다.

나는 그의 이마에 키스를 했다. 작은 이마엔 땀이 흥건히 덮여 있었다. "그래서 편지는 어떻게 했지?"

"태워버렸어요."

"태웠다고?" 나는 지금이 바로 기회다 생각하고 물었다. "학교에서도 그랬었니?"

아, 이 질문에 나는 어떤 대답을 얻게 될 것인가! "학교에서요?"

"편지들을 훔친 거야? 아니면 다른 것들?"

"다른 것이요?" 마일스는 아련한 기억을 더듬는 듯 생각에 잠겼다. 불안감이 다시 그를 엄습하는 것 같았다. 그러더니 마침내 내 말뜻을 알아들은 듯 물었다. "내가 물건을 훔쳤냐고요?"

나는 순간 두피까지 빨갛게 달아오르는 느낌이었다. 그러면서도 마일스처럼 반듯한 아이에게 그런 걸 물어보았다는 게 이상한 일일지, 아니면 마일스가 순순히 내 질문이 사실임을 인정하면서 세속적으로 타락했음을 보여주는 것이 더 이상한 일일지 생각해 보았다. "네가 그 때문에 다시 학교로 돌아갈 수 없는 거야?"

마일스는 내 말에 깜짝 놀라는 것 같았다. "내가 다시 학교로 돌아갈 수 없다는 거 알고 계셨어요?"

"나는 뭐든 다 알고 있어."

그러자 마일스는 한동안 묘한 표정으로 나를 바라보았다. "뭐든 다요?"

"뭐든 다. 그러니까 말해보렴. 너 학교에서……?" 나는 차마

다시 그 말을 입 밖에 낼 수는 없었다.

마일스가 간단하게 대답했다. "아니오. 나는 물건을 훔치지 않았어요."

나는 처음부터 그를 믿고 있었다는 걸 표정으로 말하면서도 두 손으로 그의 어깨를 잡고 흔들었다. 심각한 이유가 아니었다면 왜 몇 달 동안 나를 그렇게 힘들게 했는지 따지려는 것처럼. "그럼 무슨 짓을 한 거야?"

마일스는 막연히 괴로운 듯 천장을 바라보며 두세 번 천천히 숨을 쉬었다. 몹시 힘겨워 보였다. 마치 깊은 바다 밑에 서서 수면에 비치는 녹색 빛을 올려다보는 것 같았다. "나쁜 말을 했어요."

"고작 그거야?"

"학교에서는 그걸로 충분한 이유가 된다고 판단했나 봐요!"

"너를 퇴학시킬 만큼?"

학교에서 '퇴학 처분'을 받은 학생 치고 이 아이만큼 설명할 거리가 없는 아이도 없을 것이다! 마일스는 초연하고 기운 없는 표정으로 내 질문에 대해 생각해 보는 것 같았다. "음, 그런 말을 하면 안 되는 거였나 봐요."

"누구한테 그런 말을 했는데?"

마일스는 기억하려고 애쓰는 듯 했지만 곧 포기했다. 잊어버린 것 같았다. "모르겠어요!"

그러고는 나를 보며 씁쓸한 미소를 지어보였다. 그건 그의 완전한 항복이었고, 나는 거기서 끝냈어야 했다. 하지만 그 순간 나는 거의 광적으로 승리감에 도취되어 있었고, 그를 나에게 가까이 오게 했던 그 힘은 이미 그 순간 그를 내게서 멀어지게 하고 있었다. "그런 말을 모든 사람에게 한 거야?" 내가 물었다.

"아니오. 제 말을 들은 사람은 오롯이……" 마일스는 말을 하다 말고 고통스러운 듯 고개를 저었다. "이름은 생각나지 않아요."

"너무 여러 명이어서?"

"아니오. 한두 명이었어요. 내가 좋아하는."

마일스가 좋아하는? 모든 게 선명해지기보다는 더 모호해지는 느낌이었다. 다음 순간 마음 깊은 곳에서 어쩌면 마일스가 그동안 쭉 무고했었던 건 아닐까 하는 서늘한 경각심이 올라왔다. 나는 순간 바닥이 보이지 않는 나락으로 떨어지는 느낌이었다. 만약 그가 무고하다면, 나는 도대체 어떤 인간이었던 걸까? 그런 생각을 하는 동안 온몸이 마비되는 것 같았고, 그를 안았던 팔이 저절로 풀어지면서 마일스를 내려놓았다. 마일스는 깊은 한숨을 내 쉬며 내게서 조금 떨어졌다. 그러고는 몸을 돌려 창문을 향했다. 이제 더 이상 그를 내 곁에 붙잡아둘 이유가 없다는 생각이 들자 가슴이 아렸다. "그런데 그 아이들이 네가 한 말을 퍼뜨린 거야?" 잠시 후 나는 다시 질문을 이어 갔다.

마일스는 곧 내게서 조금 더 떨어졌다. 화를 내고 있지는 않았지만 호흡이 거칠었다. 아마도 자기 의지와 상관없이 내 곁에 붙잡혀 있다는 사실이 여전히 언짢은 모양이었다. 마일스는 다시 한번 눈을 들어 창밖을 바라보았다. 지금까지 그를 지탱해온 것들이 하나도 남아 있지 않은 듯, 말할 수 없는 불안만이 가득한 눈빛이었다. 그럼에도 불구하고 그는 내 말에 응답을 했다. "네, 맞아요. 그 아이들이 내 말을 퍼뜨린 것 같아요. 자기들하고 친한 아이들한테."

내가 기대했던 것만큼 속 시원히 뭔가가 밝혀진 것은 아니었지만 나는 마일스의 대답을 진지하게 받아들였다. "그리고 그 이야기들이 퍼지기 시작했단 말이야?"

"선생님들한테요? 네, 그랬어요!" 마일스는 짧게 대답했다. "선생님한테 얘기할 줄은 몰랐어요."

"학교 선생님들이 나한테 말이니? 그들은 말하지 않았어. 그래서 내가 너에게 묻는 거지."

마일스가 돌아섰다. 열에 들뜬 그의 얼굴이 또다시 나를 향했다. "그랬겠죠. 너무 나쁜 말이었거든요."

"너무 나쁜 말?"

"내가 했던 말들이요. 그걸 집에 편지로 보낼 수는 없었겠죠."

자기 생각을 그렇게 분명하게 설명할 수 있는 마일스가 말의 갈피를 잡지 못하는 걸 보니 뭐라 말할 수 없는 슬픔이 차올랐다. 다음 순간 나는 탄식처럼 외쳤다. "다 부질없는 소리지!" 그럼에도 내가 다음에 던진 질문은 제법 엄하게 들렸던 것 같다. "그 나쁜 말들이 도대체 뭐였는데?"

나의 냉엄함은 사실 그의 행동을 통제하는 그 사악한 기운을 향한 것이었다. 그럼에도 마일스는 다시 내게 등을 돌리고 돌아섰다. 그 순간 나는 또 다시 비명을 지르며 단숨에 달려들어 마일스를 감싸 안았다. 마치 마일스의 고백과 대답을 막으려는 듯 또다시 유리창에 그 끔찍한 불행의 전령사가 저주받은 창백한 얼굴을 들이대고 있었던 것이다. 잠깐의 승리감이 무참하게 깨지면서 또다시 전투가 시작되는 것 같아 속이 메스꺼워졌다. 그러나 나의 거친 행동은 내가 의도했던 것과 반대의 결과를 가져오고 말았다. 내가 비명을 지르며 그에게 달려드는 동안 그의 시선이 본능적으로 유리창으로 향했던 것이다. 하지만 여전히 그의 눈에 아무도 보이지 않는다는 걸 알아채자 내 안에서는 그의 나락이 될 수도 있었던 순간을 해방의 순간으로 바꿔주어야 한다는 의지가 불꽃처럼 타올랐다. "더 이상은 안 돼, 안 돼, 더 이상은 안 된단 말이야!" 나는 마일스를 더 꼭 껴안으면서 방문자를 향해 외쳤다.

"그녀가 왔어요?" 마일스는 눈을 감은 채 내 음성이 들리는 곳을 향해 물었다. '그녀'라는 말에 나는 숨이 멎을 듯 놀라며 다시 물었다. "미스 제셀, 미스 제셀!" 그러자 마일스가 화가 난 듯 나를 밀쳐냈다.

나는 놀라고 당황스러운 중에도 그의 생각을 짚어 보았다. 내가 플로라에게 했던 일을 지금 그에게 이어서 하고 있다고 생각하는 것 같았다. 하지만 나는 그래도 이 상황은 그때처럼 나쁘지 않다는 걸 알려주고 싶었다. "미스 제셀이 아니야! 하지만 창문에 유령이 와 있어. 우리 눈앞에. 저기 있다고, 그 흉측한 겁쟁이가. 하지만 오늘이 마지막이다!"

그러자 마일스는 흥분한 개처럼 고개를 휘저으며 냄새를 맡더니 허공을 향해 고개를 미친 듯이 흔들어댔다. 그러고는 혼돈과 분노가 가득한 창백한 얼굴로 내 품 안으로 달려들어 방안을 둘러보았다. 독기가 가득한 방안에 그의 존재가 가득 채워져 있었음에도 불구하고 마일스는 여전히 아무것도 보지 못하는 것 같았다. "그 사람이에요?"

나는 모든 증거를 확보하기로 마음먹고 얼음처럼 차갑게 그를 다그쳤다. "그 사람이라니 누구를 말하는 거지?"

"피터 퀸트. 이 악당!" 마일스가 이렇게 외치며 또다시 방안을 두리번거렸다. 경련을 일으키는지 온몸이 부들거렸다. "어디 있어요?"

마일스의 입에서 퀸트의 이름이 튀어나오던 순간을 나는 잊지 못한다. 그것은 나의 헌신을 인정하고 감사하는 찬사의 말이기도 했다. "그게 이제 무슨 상관이란 말이니? 그 사악한 인간이 뭐가 중요해? 네가 이제 온전히 내 품으로 돌아왔는데." 그러고는 유령을 향해 달려가며 소리쳤다. "마일스는 너를 영영 잊었어!" 그러고는 내가 이룬 성과를 보여주려는 듯 마일스를 향해 외쳤다. "저기, 저기 있잖아!"

마일스는 이미 몸을 돌려 창문을 노려보고 있었다. 하지만 조용한 풍경 외에는 아무것도 보이지 않는 것 같았다. 내가 그토록 자랑스러워하는 것을 보지 못한 절망감 때문인지 마일스는 심연으로 내던져지는 사람처럼 비명을 질렀고, 나는 떨어지는 그를 잡으려는 듯 그를 붙들었다. 내가 그를 잡았다. 그렇다. 그를 안고 있었다. 얼마나 꼭 끌어안고 있었는지 상상할 수 있으리라. 하지만 일 분 쯤 지나자 내가 무엇을 안고 있는지 알 수 있었다. 사방이 고요했고 방 안에는 우리 둘 뿐이었는데, 유령의 기운을 벗어낸 그의 작은 심장은 멈춰 있었다.

/

옮긴이의 글

/

헨리 제임스의 《나사의 회전 (The Turn of the Screw)》은 1898년에 발표된 중편 소설이다. 이야기 안에 이야기가 있는 3차원적 틀 안에서 과거를 회상하는 형식으로 흐른다. 두 명의 화자가 등장하는데, 첫 번째는 서문에서 '우리' 또는 '나'로 지칭되는 익명의 화자로 소설의 전체적인 분위기와 상황 설정을 묘사하고 소설의 본체를 이루는 이야기를 풀어 놓을 더글라스를 독자들에게 소개한다.

성탄 전야, 고가의 난롯가에 모여 앉은 사람들이 괴담을 주고받는 장면으로 소설의 서문이 시작된다. 돌아가며 괴담을 꺼내놓는 가운데 더글라스라는 남자가 자기가 알고 있는 괴담이야말로 누구도 들어본 적이 없는 진짜 오싹하는 이야기라며 좌중의 호기심을 한껏 끌어올린다. 하지만 그는 서문의 말미에 가서야 이야기 원고를 좌중에 읽어주기 시작하는데, 그 전에 익명의 화자가 다시 한번 끼어들어, 더글라스가 전하는 이야기

의 중심인물이자 두 번째 화자인 가정교사의 출신배경과 더글
라스와의 관계, 이야기의 배경을 간단히 설명함으로써 독자들
의 이해를 돕는다. 더글라스가 본격적으로 원고를 읽기 시작
하는 시점에서 서문이 끝나고, 그다음부터는 두 번째 화자인
가정교사가 일인칭 시점으로 이야기를 끌어간다.

가정교사의 이야기는 그녀가 고향과 가족을 떠나 생애 첫 직
장인 블라이 저택에 도착하는 날로부터 시작된다. 그녀가 가정
교사로서 맡게 될 아이들은 블라이 저택의 소유주이자 그녀의
고용주인 남자의 조카들이었는데, 남자는 그녀와 고용계약을
하면서 그녀의 기대를 초월하는 높은 보수를 주는 대신 아이
들에 관한 한 어떤 문제도 자기에게 알리지 말고, 연락도 하지
말 것을 조건으로 내세운다. 처음에 그녀는 그러한 조건에 황
당해하며 그의 제안을 수락할 것인지 망설이지만, 젊고 매력적
이며 다감하기까지 한 남자에게 첫눈에 호감을 느끼면서 그의
제안을 허락한다.

블라이에 도착한 그녀는 착하고 사랑스러운 두 아이들에게
흠뻑 빠져서 깊이 사랑하게 되고, 잠시나마 자기가 맡은 일과
블라이에서의 일상에 행복감마저 느낀다. 그러던 어느 날, 저
녁 무렵 정원을 산책하던 그녀는 저택의 탑 위에 서 있는 유령
을 보게 되고, 얼마 후 호숫가에서 또 하나의 유령을 목격하면
서 그녀는 유령들의 영향으로부터 아이들을 지키기 위한 외롭
고 치열한 투쟁을 시작한다. 그러한 그녀에게 유일하지만 든든
한 동료이자 지원자가 되어주는 사람은 저택의 살림을 총괄하

고 있는 그로스 부인이다. 아이들을 깊이 사랑하는 그로스 부인은 지적이고 성실한 가정교사를 존경하는 마음으로 그녀를 믿고 따르며, 아이들을 유령들로부터 지키려는 가정교사를 돕는다.

그러나 소설 전체를 통해 유령을 보거나 직접 상대한 사람은 가정교사뿐이며 그녀가 1인칭 시점에서 이야기를 끌고 가기 때문에, 생생한 심리묘사와 공포감이 몰입감을 극대화하지만, 유령이 실제로 있었는지, 그녀가 보고 느낀 것들이 사실인지는 모호한 채로 남는다. 그녀가 아이들과 함께 있는 자리에서도 유령이 나타나지만, 그 역시 실제 유령이 거기 있었는지는 알 수 없다. 하지만 그녀는 아이들도 유령의 존재를 알고 있지만 그녀에게 숨기려 한다고 확신하고, 아이들이 유령과 소통하고 있다는 생각에 불안해한다. 그녀는 그것을 확인하기 위해 집요하게 기회를 엿보는데, 그 때문에 그녀와 아이들이 주고받는 대화와 행동은 안개에 쌓인 듯 모호하고 상징적인 가운데 뭔지 모를 긴장감이 감돈다. 이러한 모호성과 함께 상반된 해석의 여지를 남기는 결말 때문에 《나사의 회전 (The Turn of the Screw)》은 헨리 제임스의 작품 가운데서도 가장 많은 논란을 불러일으켰다.

헨리 제임스 연보

1843년   4월 15일 미국 뉴욕 워싱턴 플레이스 출생.

1862년   하버드 법과대학 입학.

1864년   최초의 단편소설 「실수의 비극」 발표.

1866-72년   『네이션』, 『애틀랜틱 먼슬리』에 기고자로 참여.

1868년   「어느 헌 옷가지에 얽힌 로맨스」 발표.

1871년   최초의 장편소설 「파수꾼」 발표.

1873년   「미래의 마돈나」 발표.

1874년   「모브 부인」 발표.

1875년   「로더릭 허드슨」 발표.
                프랑스 파리로 이주.
                투르게네프, 플로베르, 에밀 졸라, 알퐁스 도데 등
                문학계 인사와 교류하며 유럽 문학의 영향을 받음.

1876년   영국 런던에 정착.

1877년	「아메리칸」, 「네 번의 만남」 발표.
1878년	「데이지 밀러」, 「프랑스 문인들」, 「유럽인들」 발표.
1879년	「자신감」 발표.
1880년	「워싱턴 스퀘어」 발표.
1881년	「여인의 초상」 발표.
1884년	「벨트라피오의 저자」 발표.
1886년	「보스턴 사람들」, 「카사마시마 공작부인」 발표.
1888년	「반향」, 「애스펀의 러브레터」 발표.
1889년	「거짓말쟁이」 발표.
1890년	「비극의 뮤즈」 발표.
1891년	「제자」 발표.
1892년	「진짜」, 「사생활」, 「오웬 윈그레이브」 발표.
1893년	「브룩스미스」, 「중년」 발표.
1895년	「죽은 자의 제단」, 희극 「가이 돔빌」 발표.
1896년	「친구 중의 친구」, 「융단 속의 무늬」, 「다른 집」 발표.
1897년	「포인턴 저택의 수집품」, 「메이지가 알고 있었던 일」 발표.
1898년	「나사의 회전」 발표.
1899년	「사춘기」 발표.
1900년	「노스모어 가의 굴욕」, 「두 얼굴」 발표.

1901년	「성천」 발표.
1902년	「비둘기의 날개」 발표.
1903년	「대사들」, 「윌리엄 웨트모어 스토리와 그의 친구들」, 「밀림의 야수」 발표.
1904년	「황금 주발」 발표.
1905년	25년 만에 미국으로 귀국.
1907년	「미국 기행」 발표.
1908년	11인 공동저서 「전가족」 발표.
1909년	「밝은 모퉁이 집」 발표.
1911년	「절규」 발표. 하버드 대학에서 명예학위를 받음.
1912년	옥스퍼드 대학에서 명예학위를 받음.
1915년	영국으로 귀화.
1916년	영국 국왕 조지 5세로부터 메리트 훈장을 받음. 2월 28일 런던에서 사망.
1934년	자신의 소설을 직접 해설한 「소설의 기술」 사후 간행.

옮긴이 **민지현**

이화여자대학교 영어영문학과를 졸업하고 미국 뉴욕주립대학교에서 교육학 석사 학위를 받았다. 현재 뉴욕에 살면서, 번역 에이전시 엔터스코리아의 번역가로 활동하고 있다.
옮긴 책으로는 『어메이징 브루클린』, 『너와 마주할 수 있다면』, 『동물농장』, 『카피캣』, 『갤럭시』, 『할아버지의 위대한 탈출』, 『불법자들: 한 난민 소년의 희망 대장정』, 『메이슨 버틀이 말하는 진실』, 『애자일 마인드』, 『홉킨스의 잘 팔리는 비밀』, 『사랑의 완성 결혼을 다시 생각하다』, 『공감』, 『감정의 역사』, 『선을 긋는 연습』 등 다수가 있다.

미래와사람 시카고플랜 006

나사의 회전

초판 인쇄 2022년 11월 09일
초판 발행 2022년 11월 16일

지은이   헨리 제임스
옮긴이   민지현
기획   엔터스코리아
펴낸곳   미래와사람
펴낸이   송주호
편집   권윤주, 김시원
디자인   권희정

등록   제2008-000024호 2008년4월1일
주소   서울시 관악구 신림로 129-1
전화   02)883-0202   팩스   02)883-0208

ISBN 979-11-6618-464-2 04800
    979-11-6618-418-5 (세트)